마음에 선을 긋는다

지혜사랑 241

마음에 선을 긋는다

정재규

지혜

시인의 말

"이래도 저래도
세월은 가는 거라며
말을 걸어오는 그대

삶이 고달프다는 그대
뭘 그래,
세월은 모른 척 가는데 말이야"
— 졸시, 「뭘 그래」에서

과작寡作이었지만,
시를 써온 지도
꽤 오래되었다.

시작詩作을 멈추지 않고
시 쓰기로 삶과 세상을 읽으며
시와 함께 살아가고 싶다.

2021년 가을, 德不孤齋에서
정재규

차례

2부

3부

4부

• 일러두기
　한 연이 첫 번째 행에서 시작될 때는 > 로 표시합니다.

1부

키 재기

길거리에 서 있는 사람들과
바삐 걸어가는 사람들을 보면
갑자기 내 키가 궁금해진다

내 키는 얼마나 더 커야
세상살이에 잘 견디며
내 생각이 튼실하게 살아날까

목을 길게 빼어도
이 시대의 고민은
바삐 지나가는 사람들의 키만큼
쉽게 가늠되지 않는데
나는 스쳐 지나가는 사람들보다
좀 더 내 키를 키우려
목을 길게 빼며 발버둥쳐본다

혼자서도 꼿꼿하게 살아갈 내 키는
얼마나 커야만 가능한 걸까

아무리 알아보고 싶어도
사람들 속에 파묻힌 내 키를
도무지 잴 수가 없다

잠든 사이

잠에서 깨어나지도 않았는데
그녀는 우뚝 내 앞에 서 있다

나는 웃음 띤 얼굴로
옛일을 생각하고
잠자리에서 일어섰다

– 잘 있어요. 그대여!

그녀는
내가 잠든 사이
이렇게 왔다 사라졌다

새벽이면 어김없이 들려오는
숨은 목소리를 찾아
이제는 새벽만을 기다리며
뜬눈으로 밤을 지새워야겠다
잠은 절대로 자지 않아야겠다

잠든 사이
그녀가 또다시 우뚝 서 있을지도 모르니까

>
오, 그리운 그대여
사람이 그립다
사, 랑, 이 그립다

균형

전깃줄에 앉아있는 비둘기
아슬아슬하게 버티고 있다

줄타기하는 광대
팽팽한 줄에 의지하여
세상을 저울질하고 있다

가느다란 줄에 앉아
떨어지지 않게
넘어지지 않게 중심을 잡는다

전깃줄에 앉아있는 새와
줄타기하는 광대를 생각하며
다급해진 마음과
지나친 욕심에 무너지고
기울어진 마음을 다잡아 본다

삶이란 팽팽한 줄에
몸을 의지하는 줄타기가 아니랴

친구 1

친구야,
햇살이 눈부시게
쨍쨍 내리쬐던 날

나를 잊지 않고
찾아온 너의 발걸음이
가장 큰 선물이다

친구 2

오랜만에 만났는데
이렇게 말하면 어떻고
저렇게 말하면 또 어떠랴

말이 많아도
말이 없어도
친구는 행복한 미소를 짓는다

보면 볼수록 더욱 그립고
입가에 웃음을 머금은 흐뭇한 사람이다
또 보고 만나고 싶은 사람이다

친구 3

하늘에 흰구름이 바람을 일으킨다
구름 사이로 희미하게 떠오르는 얼굴
친구의 얼굴은 구름 사이에서 웃고 있다

가끔씩 가슴 속에 바람을 태우고 나타나는 얼굴
가을 햇살은 더욱 따사롭게 마음을 달군다

어디선가 들려오는 목소리
전화벨은 울리지 않는데
이야기를 나누고 싶다고
끊임없이 재촉하는 친구의 다정한 음성
전화기는 쉴 새 없이 옛 추억을 쏟아놓는다

어디서 무엇을 하고 있는 건가
미지의 세계에서 지금도
나를 바라보는 눈길은
찾아도 전혀 보이지 않는 모습

가끔씩 머릿속에, 아니 가슴속에
뜨겁게 솟구치는 모습이어라

시인

마음이 숨을 곳을 마련해 주고
한 마디 말속에 마음을 넣어 두기도 하며
자세히 들여다보면
나보다 타인을 먼저 이해해 주기로
단단히 마음먹은 사람

가까이 또는 멀리서
시원한 파도보다 더 힘차게
물보라를 일으키며
내 앞에 점점 더 가까이 다가와
진솔한 이야기보따리를 풀어놓는
살갑고 습습한 사람

그 누구보다 가슴이 따뜻한 언어들로
풀잎 속의 영롱한 이슬을 노래하는
진초록 같은 사람
또한 누구에게나
희망의 눈빛을 전해주는 편안한 사람

스마트폰

이어폰 선 따라 가느다란 울림이
보이지 않는 속도로 달려가
누군가의 귓속에 쏙 들어가 안착하면
차가웠던 마음이 데워지기도 하고
따스했던 말들이 차가워지기도 하며
빠른 속도로 서로의 마음을 읽는다.

주고받는 반가움에 숨어있던 떨림이
얼굴을 생각지 못한 순간의 해석으로
상대방의 마음을 삼켜 버리듯
길을 따라 햇살을 따라
스마트폰 벨 소리는 구름 위까지 올라 울린다.

스마트폰 카메라는
쉴 새 없이 바쁜 일상에 쫓기는
현대인의 늘어진 어깨 위에 멈춰
지나가는 시간을 끝없이 담아내고 있다.

양손에 스마트폰을 부여잡고
목적지도 잊은 채
정신없이 문자 메시지를 보내면
애매한 답신만 허공에 새겨지고 있다.

>

'나는 지금 전파를 타고 너를 찾고 있으나
너는 어디에도 없고
오직 스마트폰 속에 숨어있는 나만 보인다.'

60살이 되고 보니

강산이 여섯 번이나 바뀌었다고 마음은,
허공에 떠 있는 구름을 잡고 싶다.

쉼 없이 달리는
마라토너의 숨 가쁜 목소리로 이야기하듯
나만의 기록을 세우기 위해 달린다.

나는 어디까지 와 있는 것일까?

허허로운 생각들이
막다른 길목에서 걱정을 하며
뒤도 돌아볼 여유 없이
얼마 남지 않은 도착지를 향해
희망의 싹을 토해낸다.

아직은 삶의 편린들이
날줄과 씨줄로 흔적을 짜며
다시 떠오르는 태양 속을 누빈다.

60살이 되고 보니
귓속에서
세상일에 쉽게 찡그리고

얼굴 붉히는 일을
이제는 참으로고 소리친다.

이별, 그리고 살아남기

아무도 나를 모르는 세상으로
들어가고 싶었다

그것은 나 자신과의 약속이었다
가족과도 지켜야 하는 약속이었다

능력이 바닥나고
역량은 소진되어
희망이 보이지 않았다

갑자기 암으로 세상을 등진 후배도
먼저 떠난 선배도
나를 놓아두지 않았다

불안하고 긴장되어
삶이 허무하게 느껴지는 생활이었다

나는 새 깃털처럼 가벼운 마음으로
살아가기로 마음먹었다

그때서야 하늘을 날고 있는 하얀 나비가
빙그레 웃으며
내 머리 위를 빙글빙글 돌고 있었다

춤, 기억을 되살리다
— 정귀인*의 '춤, 기억의 저편…'에 붙여

몸은 날개였다
몸짓은 언어였다

쭉 뻗어 올린 팔과 다리는
어린 시절 지나
청소년 시절의 방황하는 생활을
쉴 새 없이 몸의 말로 쏟아내며
기억의 저편에 있는 스승**을 떠올렸다

춤 속에서 추억은 슬픔이었고
웃음은 무용수의 손끝에 매달려 있었다
그 누구도 무용수의 내뿜는 몸짓에서
스승의 그리움은 찾지 못했다

그래도 스승의 사랑은 기억의 저편에서
스승의 춤으로 서서히 되살아났고
희미한 영상화면 속에서
이미 세상을 떠난 노스승의 얼굴이
갑자기 제자의 가슴 속으로
그리고 관객의 마음속으로 한없이 달려왔다

제자의 춤사위는 스승의 웃음 띤 얼굴이었다

한 걸음, 한 걸음, 또 한 걸음
제자는 스승의 품으로 깊숙이 파고 들었다

* 부산대학교 예술대학 무용학과 교수로 2015년 11월 10일(화) 저녁
  7시 30분 동래문화회관 대강당에서 '춤, 기억의 저편…'이라는 주제
  로 '2015 정귀인무용단 기획공연'을 개최했다.
** 한국 현대무용의 초석을 일군 故 박외선 이화여대교수.

그리움 1

가을바람에 소스라진
샛노란 낙엽의 가냘픔 속에
뿌연 마음이 울리며
말없이 눈길만 던지고 사라진
소녀의 뒷등을 바라보다
마음을 접는다.

금시라도 눈앞에
나타날 것만 같은
서글픈 기다림이
안타까운 그리움에 지치고
글썽한 눈빛은
그냥 허공에 쏟아지고 있다.

수없이 갈라지는 마음을 모아
한 생명 유지해 보려 안간힘을 쓰나
이미 바래진 생각들을 주워 모아
옛이야기를 지나간 추억으로
엮으려 하나 믿을 수가 없다.

그리움 2

훈훈한 바람과 함께
봄 햇살이 가슴에 스미어 오면
하염없이 쏟아지는 생각들

목련 꽃잎처럼 떨어지는 얼굴
아직도 마음속에
살아 숨 쉬는 꽃의 향기여!

별이 빛나는 밤에
─ 서정주 시인을 생각하며

밤하늘 별빛도
긴 인적의 끊김으로
고요히 잠들어 가는 밤

책갈피 속에서 부르짖는
노시인의 말소리는
밤하늘의 별빛보다 밝은 광채로
말하는 지혜가 있었다

인생이란,
역사의식 속에서 사회인으로
타인에게 봉사도 하고
나를 아끼며 살아가야 한다는 말씀

시골 사랑방에서
구수히 들려주던
노시인의 맛깔스러운 시와 정담이
어둠을 뚫고 서서히 가슴속에 와닿는다

어머니의 하루

어머니는 바깥출입을 하지 못하고 있습니다. 구순을 넘기시면서 기력이 떨어지고, 걸을 수 없게 되었습니다. 집안 거실에서만 밀차에 의지해 왔다 갔다 할 뿐 계절의 변화를 모르고 지내십니다. 하루는 집사람이 친구들과 여행을 떠나 모처럼 어머니와 함께 지내봤습니다. 어머니는 지나온 과거의 일들을 끊임없이 아들에게 이야기합니다. 가끔은 혼자말로 흥얼거리며 노래도 합니다. 이것도 잠시, 이내 방으로 들어가 한없이 천정을 바라보다 깊은 잠에 빠지셨습니다. 어머니의 하루하루가 이렇게 반복되고 있다는 것을 그때서야 알았습니다. 방안에는 어머니의 고향이 훤히 비춰지고 있었습니다.

유언

"어머니,
제 말소리 들리세요."
고개만 끄덕끄덕

"그동안 고마웠습니다.
사랑합니다."
어머니 눈가엔 눈물만 그렁그렁

어머니의 마지막 말씀은
눈물 속에 있었다.

어머니의 눈물은
마지막 남긴 사랑이었다.

모정

제주 앞바다에서
죽은 새끼를 등에 업고
유영하는 남방큰고래 사진과
동영상을 보았다*

어미 돌고래는
이미 죽은 새끼 돌고래를
수면 위로 올려
숨 쉬게 하려는 행동을
반복해서 했다

어미는 형체를 알아보기조차
심하게 부패한 새끼를 위해
죽은지도 모르고
주둥이 위에 얹거나
등에 업고 유영하기를 계속했다

새끼에 대한 애착은
사람이나 동물이나
다름이 없다는 걸 알았다

그런데

친자식을 방에 가두고
때리고 구박하며
학대하는 부모들이
아직도 많은 세상이다

짐승만도 못한 사람들이
봐야 할 돌고래 어미의 모정은
시간이 지날수록 안타까움이
더욱 커진다
자식에 대한 부모의 사랑은
바닷속보다 더 깊고
바닷속 깊이만큼이나 모를 일이다

부모의 사랑은
철철 넘치는 바닷물이다
바다에 끝없이 쏟아내는 햇빛이다
햇빛에 더욱 빛나는 생명이다

남방큰돌고래를 생각하면
가슴이 뻥 뚫리고 숙연해져
큰 숨을 몰아쉬고
내 아이들을 생각한다

* 《서울경제신문》 2020. 6. 27. 기사.

사부곡 思父曲

시골길을 걷다가
어린 송아지를 곁에 두고
농부의 마음을 위로하는
큰 암소를 볼 때
푸른 하늘에선
하얀 옷을 입은
돌아가신 아버님이
소매를 걷으시고
논두렁에 들어섰다

매일 자라는 모를 보고
늘 입가엔 웃음을 잃지 않던
모습은 사라지고
검게 그을린 얼굴은
옆에서 시끄럽게 구는
경운기 소리에 찌들어지고
밤마다 쑤시는 무릎의 통증으로
잠을 못주시던 아버지는
꿈속에서 풍년을 일군다

한없이 뻗어있는 논두렁을 보며
기약 없이 흘러간 세월을 불러 모아

농사에 지친
이웃들에게 풍년가를 들려준다

가족 1

오랜만에 만나도
침묵이 흐른다
아버지와 어머니
아들과 딸은
멀리 헤어져 있어도
항상 곁에서 그림자처럼
빙그레 웃으며 보고 있는
가장 살가운 사람들이다

하고 싶은 말은
가슴 속 깊이 감추어 둘 뿐
차마 속내를
잘 보이지 않아도
얼굴 속에 담겨진 마음은
어느새 한 걸음 더 가까이
가슴 속 깊이 파고든다

길거리에서
가족과 함께 걸어가는
낯선 사람들을 보면
부모님이 보이고
아들과 딸의 웃음이

내 앞에 고개를 내밀고 서 있다

북태평양까지 갔다가
물살을 헤치고
처음 놀았던 강어귀로
다시 회귀하는 연어 떼가
가장 빠른 속도로 달려오듯
깊은 사랑은
가족 누구에게나
늘 큰 물결을 이루며
도도히 흐르고 있다

가족이 모처럼 모이면
앞서거니 뒤서거니
할 말이 참 많지만
사랑을 내보일 수 없어
말을 감추어 둘 뿐이다

그래서 또다시 만나도
침묵은 흐른다
가족은 늘 이렇다
그것이 사랑이려니

가족 2

— 영화 '뷰티플 데이즈beautiful days'*를 보고

하염없이 울었다

고향 산천을 그리며
질곡된 삶을 살아온 한 여인
끈질지게 얽매인 악연의 인연들을 끊으려
차마 못할 행동을 남기고
기어이 자유로운 삶을 찾아왔다

하지만 아들이 그리워
못내 다시 찾은 이국의 땅은
그래도 사람은 살고 있었다

잃어버린 가족을 다시 찾아도
또다시 삶은 새롭게 시작된다

밥상에서 모두가 울었다.

* 2018년 부산국제영화제 개막작으로 윤재호 감독이 제작한 영화.

어느 오후에

오가는 인적이 많은
변두리 도시의 따뜻한 집 처마 아래에는
노인들이 모여 앉아 있다.
아무 말도 없이 그저 먼 하늘을 바라볼 뿐이다.

지나가는 자동차의 바퀴를 보며
희미하게 기억해 내는 옛이야기로
노인들은 가끔 웃음 짓는다.

환한 웃음이 꽉 찬 가정이 그리워
길모퉁이에 지팡이 들고
한 잔 술에 붉어진 얼굴로
집에 다시 들어가야 하는 마음은
차라리 떠도는 자가 되는 게 나을까?

해는 점점 지는데
느린 발걸음 속에
뚜벅뚜벅 먼 미래의 죽음으로 다가오는
어느 변두리 담 밑에 서 있는 노인들.

어느 노인의 아침

이른 아침 폐휴지를 한가득 싣고
수레를 끌고 가는 노인이 있다.

차들이 수없이 왕래하는 좁은 도로를
남루한 옷차림으로
힘겨운 발을 한 걸음 한 걸음 내디디며
버거운 하루를 끌며 가고 있다.

사람들의 시선은 아랑곳하지 않고
앞만 보며 수레를 끌고 가는데
노인 옆에서 숨을 헐떡이며
수레를 함께 끌고 가는 강아지가 있다.

힘겨운 노인을 응원하며
수레의 손잡이에 끈을 매단 채
있는 힘을 다해 수레를 끌고 가는 반려견이다.

호의호식하는 반려견은 절대 모르는
주인의 벅찬 숨소리를 들으며
강아지는 노인 옆에서
호흡을 맞추며 있는 힘을 다해
앞만 보고 걸음을 재촉하며
아침을 맞이하고 있다.

연민

길 가다 길고양이를 만나면
주인은 누구이기에 갈 곳 없이 떠도는지
처량한 모습이 참 안 됐다

나무 숲속에서 이리저리 뜀박질하듯
옮겨 다니는 박새의 울음소리를 들으면
누구를 찾아 헤매는지 참 안 됐다

아파트 베란다에서
축 늘어뜨린 채 시들어가는 파키라를 보면
갈증에 애끓는 모습이 참 안 됐다

길가 한 모퉁이에 외롭게 숨어
꽃망울을 터뜨리는
수염패랭이꽃이 참 안 됐다

바람에 힘없이 떨어지는
느티나무 나뭇잎이
바둥거리는 모습을 보면 참 안 됐다

조금만 아파도 병원에 재빠르게 가고
약을 밥 먹는 듯하는 내 모습이 참 안 됐다

>
나이를 먹어갈수록
잔걱정에다 소심해지는 내 모습이
참 안 됐다
정말 안 됐다

목발

힘없이 체육관의 불이 꺼진다.
어, 하는 사이 붕 떴던 몸은 곤두박질치며
그대로 다리는 접질리고
퉁퉁 부은 오른쪽 다리를 감싸 쥐며
비명으로 다시 불을 켠다.

희미한 불빛 속에서
다리는 힘을 놓아버리고
부러진 다리는 또 다른 다리가 되어
일상의 한 자락을 일기로 남긴다.

그리고 깁스를 하고 목발을 한 채
지금까지 살아왔던 삶의 속도를
최대한 늦추는 연습을 한다.

이렇게 힘겨운 목발로
살아가는 사람들의 모습을 보며
언제나 편안함만을 추구했던
어리석은 생각들이
방향을 잃은 채 이리저리 비틀거린다.

팔자에도 없는 목발을 하고

사람들을 둘러보니
삶의 흔적들이 내일을 향해
다시 한번 몸속에서 솟구친다.

미스 트롯 2

무대에 빛이 쏟아지고
이름 모를 가수는 초긴장하며
가까스로 자기 소개를 마치고
음악 주세요, 말이 떨어지자
아무렇지도 않다는 듯이
간절하고 깊은 울림으로
노래를 쏟아낸다

간절한 노래 속에
지나온 인생의 이야기와
삶의 흔적들이
음악 선율로 나타났다 숨었다를 반복하며
관객의 시선을 끌어 모은다

트롯 음악에
너도나도 마음을 맡기다가
마지막 맺는 절규에
밤하늘에선 별똥이 떨어진다

절망의 별똥 빛에서
희망의 별빛으로
무수히 일어나는 스토리들

>
별똥 빛은 또다시 음악에 둘러싸여
듣는 사람들의 마음속에 뚝뚝 떨어져
희망의 노래로 변한다

노래는 끝이 없다
— 영화 '보헤미안 랩소디Bohemian Rhapsody'*를 보고

프레디, 그대를 믿는 자는
아무도 없었다네.
늘 보고 지내던 아버지조차
그대를 인정하지 않았으니 말이네.

가족의 굴레에서 벗어나기 위해
찾아갔던 어느 주점에서
밴드 '퀸Queen'을 만난 후
그 누구에게도 보이지 않았던
광기의 노래를 토해내며
내면 속에 숨어있던
또 하나의 프레디를 찾았었지.

뛰어난 음색과 인간다움에 반한
수많은 사람들을 만나
삶은 힘을 얻었고
노래는 더욱 뻗어나갔지.

지구 곳곳에서 이루어진
순회공연 속에서 열정은 불타오르고
그대의 명성은 하늘을 뚫고 올라갔지만
아뿔사 헤어나지 못할 동성애로

삶은 피폐해지고 말았지.

노래를 향한 열정 하나는
그 누구와도 비교되지 않았지만
그대를 망가뜨리는 사람은
바로 옆에 있었으니
참으로 아이러니칼한 삶이었네그려.

돈의 유혹은 늘 곁에서 서성이었고
그대가 삶의 참의미를 알 때는
이미 돌이킬 수 없는 병마가 삶을 뭉개버렸네.

참담한 에이즈에 끝없는 절망이 엄습했지만
노래를 향한 열정으로 또 다른 삶을 꽃피었네.

병마에 시달리는 사람들을 위한 자선 공연
성 소수자를 위한 지원 활동
아름다운 행적들이
그대를 위대한 가수로 재탄생시켰으니
그대는 진정 행복한 삶을 마감하지 않았나?

그대의 세련된 패션과

독특한 퍼포먼스가 어우러진 열창
경기장에 울려 퍼지는 그대의 노래
'위아 더 챔피언We are the champions'은
영원히 지구상에 울려 퍼지며
그대를 잊지 않고 있다네.
프레디, 편안히 영면하게나.

* 2018년 개봉된 브라이언 싱어 감독의 영화로 가수 프레디 머큐리의 삶
을 조명한 작품.

2부

꽃비를 맞으며

봄기운에 새싹이 돋고 꽃이 핀다.

약간은 훈풍이 감도는 바람에 더욱 활짝 핀 꽃들, 이곳저곳에서 서성이는 사람들의 눈 속에 햇살이 머물면 긴 겨울의 장막은 완전히 걷힌다. 벚꽃에 빼앗겨버린 정신을 모으고 터널을 이룬 벚꽃 길을 걸어간다. 손을 맞잡고 다정스럽게 추억을 만드는 사람들에게 벚꽃은 살며시 길을 열어준다. "웃어봐, 손을 벌리고 꽃잎을 받아 아예 입을 벌리고 받아 먹어봐." 저마다 꽃비에 생각을 담아둔다. 갑자기 바람이 인다. 힘겹게 매달려 있던 꽃잎들은 지나가는 사람들의 발자국 소리에 파르르 떨며 바람에 날린다. 꽃비가 되어 떨어지는 꽃잎들, 벚나무 아래에 서서 흩날리는 꽃비를 맞으며 팔을 벌리고 눈을 나무 끝에 매달아 놓으면 어느새 모두 꽃비가 되어 떨어진다. 화들짝 놀란 개나리는 노란 꽃잎을 벗어놓고 연두색 잎을 내밀며 유유히 사라진다.

봄은 정말 왔나 보다.

개화開花 1

겨울 추위 속에서도
몸사리지 않고
봄기운을 기다리며
꽃봉우리에 힘을 모으고 있다

가정 먼저 매화가 개화하면
잇달아 목련, 산수유가 뒤를 따른다

저마다 꽃피는 시기는 약간씩 다르지만
진작부터 꽃 피울 시기를 저울질하고 있었던 게다

봄기운에 꽃피는 나무마다
힘을 내고 있다

개화開花 2

꽃을 찾아
꽃의 향기를 찾아
화들짝 놀란 마음들이
봄을 만든다

겨우내 응어리진 마음들이
꽃향기에 푹 빠져
사랑을 속삭인다

소낙비

생각조차 메마르게 바싹 죄어오는 무더위가 힘에 겨울 때 아무도 모르게 살짝 오기를 수없이 기다려도 비는 오지 않는다 내리쬐는 햇빛에 축 늘어진 나뭇가지와 타들어 가는 풀잎들, 쉬지 않고 소리를 질러대는 매미도 하늘을 향하여 한줄기 비가 오기를 기다려도 무심한 폭염만 땅 위를 달군다 아무리 하늘을 뚫어져라 보고 또 보아도 비 올 날씨는 아니다 다행히 일기예보는 비를 기다리다 지친 사람들이 믿든 말든 남태평양에서 올라오는 열대성 저기압에 의해 한때 소낙비가 내린다고 한다 오, 비여! 굶주린 사자마냥 아무도 모르게 산속 깊이 숨어 갑자기 나타나 사람들을 놀라게 해주고 싶은 듯 갑자기 구름이 몰려와 어두워지고 대지는 흙 내음을 쏟아내며 군중 속에 뒹군다 기다리던 비, 소낙비다 길가의 나무들은 낮게 엎드리고 황급히 내달리는 군중들 속에 소낙비가 큰 소리를 내며 내달린다 하지만 단거리 육상선수마냥 있는 힘을 다해 뛰어보지만 잠시 그뿐, 하늘은 다시 햇살을 띄우며 번개같이 소낙비를 거둬들인다 지나는 사람들은 하늘을 보며 말문을 닫는다 순간의 희망이 속절없이 햇빛으로 변해 버린다 삶의 희망이 소낙비처럼 끝나는 순간이다

양떼를 보며

구름과 거닐며
하늘과 소곤대는 산허리에서
양떼는 푸른 잔디의 향기에 취해
먹고 또 먹는 축제에 빠져든다.

다듬어지지 않은 털을
바람에 흩날리며
조용히 앞으로만 몸을 튼 채
떼를 지어 산길을 활보한다.

간혹 산기슭에 몸을 맡기고
산속에 숨어있는 계곡물을 마시며
먹이를 찾아
먼 길을 또다시 걸어가는
양떼의 숨소리가 메아리친다.

새 양털로 갈아입으며
또 다른 삶을 꿈꾸는 양떼 울음소리가
오염에 찌든 도시 거리에 울려 퍼질
그날을 기다리며
양떼가 있는 산속 깊숙이 들어가 본다.

구름과 햇살이 함께 반겨주는 산속에서
양떼 울음소리가
계곡물을 따라 내려간다.

휴지통

말없이 서 있다
누군가 지나가도 그만
앞에 멈추어 서 있어도 그만
다만, 버리기를 바랄 뿐

살아가는 것은 버리기 연습이다
버리기는 쓰레기통 구멍을 찾아
손을 넣어보는 일이다

아무 보잘것없는 것들을
더 소중하게 감싸 안고 있는데
영문도 모르는 길고양이가
불쑥 나타나
휴지통 속을 사정없이 뒤집고 있다

힘겹게 살아가는 사람도
떠도는 길고양이도
살아가기란
역겨운 냄새가 코를 찌르는
휴지통을 뒤지는 일이다

야생화

사람들은 자주 만나면
서로를 참 잘 안다고 말한다

제법 깊은 마음속까지 안다고 하며
가끔은 입에 침도 바르지 않고
좋은 사람이라며 다가가기도 한다

인적이 드문 깊은 산속에
홀로 핀 이름 모를 야생화는
그 누구에게도 이름을 숨기고
그저 햇빛을 모으며
혼신의 힘을 다해 생명을 키운다

함께 살아야 생명을 유지하는 사람들과
혼자여야 아름다움을 오래 뽐내는 야생화는,
사람의 눈에 띄고 부대껴야
제대로 된 모습으로 살아간다
그래야 삶의 질도 높아진다

태풍의 눈

　－남태평양에서 발생한 태풍
　계속 북동진하고 하고 있음.
　내일 아침이면
　우리나라 근해 동지나해로 접근할 것으로 보임.
　전 국민은 태풍의 피해를 최소한으로 줄일 수 있도록
　각별히 유의하기 바람.

계속 쏟아지는 방송의 일기예보를 듣고
움직일 준비를 한다.

옷은 되도록 걸치지 말고
그 대신 손에는 카메라를 들자.

그리고 태풍에 접근할 수 있는
티켓 한 장 사들고
바다 위를 서서히 지나
용감하게 남쪽으로 행진을 한다.

태풍의 입구에 도착하여
태풍의 눈에 들어갈 준비를 한다.

서쪽으로 더욱 무섭게 몰아치는

통로를 지나 가장 안전한 곳인
태풍의 눈에 앉아 보자.

그곳에서 내려다보면
태풍에 휩쓸려 초토화돼버린 지구는
뚫린 하늘을 쳐다보며
비와 바람을 밀어낸다.

아무도 가보지 못한 태풍의 눈 속에서
또다시 지구를 물끄러미 바라본다.

그 어디에도 나를 찾는 사람은 없다.
카메라로 나를 찍어줄 사람은 더욱 없다.

폭염

못 견디게 무더운 불볕더위에는
아예 옷을 벗고 지내는 게
몸을 위해서도
마음을 위해서도
차라리 나을 듯싶다

머릿속은 빙글빙글
태양이 들어와
돌고 도는 한여름의 짧은 발레

발끝을 돌려
태양도 힘차게 돌려
모두가 정신없이 돌아갈 때
더위도 머뭇거리다
빙빙 돌아버린다

개구리는 왜 우는가

달빛이 외로워 숨을 죽이는 밤
구름 속에 울음을 토해내는 개구리는
농촌 들녘에서 왜 끊임없이 울어야만 하는가.

바람에 흔들리는 나뭇잎의 속삭임도
달빛 속에 묻혀 버리고
어두운 밤하늘에 대고
개구리는 목청을 높이는데
밤을 즐기는 사람들은
개구리의 울음은 생각하지도 않은 채
긴 밤을 새울 듯 걷고 있다.

오가는 사람들은
어디선가 본 듯한
익숙한 모습으로 스치지만
개구리는 논두렁에서
스치는 별빛에
지나가는 바람에
하염없이 소리를 보낸다.

애타게 그리운 짝을 찾아
지칠 줄 모르는 울음으로

소식을 전하고
밤새도록 어둠을 몰고 다닌다.

개구리는 외로움을 버리기 위해
사람들이 많이 걷는 길가 논두렁에선
더 크게 운다.

투견

싸움 개가 되기 위해
주인이 시키는 대로 러닝머신에 올라
하염없이 달려야만 하는 투견을 보았다

싸워서 이겨야만 하는 투견은,
왜 달리고 있는지도 모르고 그저 뛸 뿐이다

누구와 싸워 본 적이 있는가
말싸움이 아닌
치고 패는 격렬한 몸싸움은
인간이기를 포기한 사람들의 마지막 발악이다

하지만 이보다도 더욱 잔인한 것은
죽기 살기로 물고 뜯으며
인간을 대신해 싸워야 하는 슬픈 투견들의 사투다

어딘지 모르는 낯선 곳에서
빙 둘러친 원형 링에 올라
죽도록 싸우는 투견들의 비명이
사방에 흩어지는데
인간의 탈을 쓴 무법자들은
자신의 몸이 물어 뜯기는지도 모르고

고통에 울부짖는 비명이
가슴에 파고드는지도 모른 채
막다른 골목에 자신의 영혼을 몰아넣고 있다

신이여,
인간이기를 포기한
이 잔인한 인간들을 용서하소서

진달래꽃

피멍 든 살갗에
피어난 진달래꽃
마음속을
진한 연홍빛으로 세차게 후려친다.

그늘

햇볕이 쨍쨍 내리쬐는 운동장 한구석에 아름드리 느티나무 그늘이 햇빛을 모으고 있다. 햇빛이 많이 모일수록 더 진한 그늘을 만들어 놓고 바람에 밀려오는 새들의 소리를 하나하나 챙기고 있다. 그늘은 어린 시절에 길 가다 더위에 지쳐 물 한 모금이 생각날 때 주위를 두리번거리다 풀썩 주저앉아 옷을 벗어던져 놓고 드러눕던 편안한 안식처였다. 바로 옆에는 가끔씩 길을 잃은 개미가 나무줄기를 타고 올라가다 무리의 흔적을 되찾아 땅 위로 내려와 쏜살같이 나무 밑구멍을 찾아 들어가기도 했다. 개미들을 무심코 바라보며 누구나 한번쯤은 가졌을 또 다른 그늘을 생각하곤 했다.

어두운 그늘이 드리운 마음에 포근한 그늘을 덮어 주고 힘든 생활 속에서도 따뜻한 정을 주셨던 어머니의 그늘, 외로울 때 끊임없이 이야기를 나누며 함께 놀아주었던 친구의 그늘, 삶이 힘들고 지쳐 있을 때 마음속에 만들어진 나만의 그늘을 찾아본다. 보이지 않게 힘이 되어 주었던 그늘에서 또 다른 그늘이 온몸을 감싸준다.

햇빛이 더욱 강하게 그늘을 만들어 주면 늘 아껴 주었던 사람들의 숨겨진 그늘이 더욱 그립다.

세발낙지

짜디짠 바닷물과 갯벌 속에 뒤엉켜
필사적으로 삶을 이어가는 운명

때로는 태양 빛을 몰래 훔쳐보며
끓어오르는 힘을 모으나
탐욕스러운 사람들의 입맛에 주눅 들고
갯벌을 휘젓는 어부들의 손끝이 매서워
미끌미끌한 몸뚱이는 땅속 깊이 파고든다

갯벌에는 필사적인 몸부림으로
녹초가 된 세발낙지의 벅찬 숨소리가 가득하다

그래도 갯벌 깊숙한 흙속에서
겨우 참고 목숨을 부지했건만
처연한 모습으로 식탁에 올라와 있다

접시에 긴 다리를 바짝 붙여보지만
나무젓가락 사이에 끼워진 채 돌돌 뭉쳐져
입 속에서 일생을 마감하는 처연한 삶

갯벌 속에서 유영하던 강인한 힘은
사람들의 입속에서 힘겹게 녹지만

인간의 눈빛에 짓눌려 잡혀온 세발낙지는
온몸을 비틀며
있는 힘을 다해 갯벌로 달려 간다

벚꽃은 지다

겨우내 침묵하며 숨어 있었다
아무도 눈여겨보지 않은 서운함을 참고
긴 시간을 정말 잘 견디기도 했다

대지의 기운을 모아
깊은 땅속에서 희망만을 이야기했다

바람이 훈훈해지고
오가는 사람들의 목소리가 들려오자
갑자기 대지의 열기를 참지 못하고
가누지 못하는 마음이 펑 뚫린 분수처럼
따사로운 햇살 사이로 쏟아져 나왔다

가슴을 활짝 펴고 보란 듯이
아름다운 웃음을 띤 소녀처럼
마음껏 치장하고 화려한 외출을 했다

수많은 사람들의 눈길에 취해
밤새 저마다 숨겨놓은 이야기를 쏟아내기도 했다

하지만, 황홀했던 시간은 지나가고
서로에게 들려준 이야기는 꽃비로 내려

다시 깊은 숙면을 위해
조용히 땅속으로 기어들어 가기로 했다

화사하고 짧은 운명은 반짝 지나가는 꿈이었다
봄은 그리 길지 않았다

사람들은 이야기를 멈추었고
더 이상 눈길을 주지 않았다

봄은 빠르게 여름으로 달려갔고
만개했던 꽃은 이미 시야에서 멀어져 갔다

꽃에 묻히고 사람에게 지치고
환장하게 아름다웠던 봄은 가고 없었다

비나이다
― 버려진 동물들

떠돌이 고양이에게도
집을 찾아 떠도는 개에게도
편안한 안식의 집이 있기를.

무엇을 먹고 살까마는
그래도 목숨을 부지하는 것만으로도
생명은 끈질긴 것이다.

바라건대
먹고사는 걱정이 없도록
바라보는 사람들이 애정을 쏟도록
정 많고 마음 여린
모든 사람에게
짐승들의 웃음소리가 들리게 비나이다.
두 손 모아 비나이다.
비, 나, 이, 다.

탁란托卵

종족 보존은
모든 동물이 살아가기 위한 본능이며
자기 존재를 알리는 몸부림이다.

깊은 산속에서
봄을 알리는 뻐꾸기의 구슬픈 울음 속에는
자기 알을 품지도
부화시켜 기르지도 못하는
애달픈 사연이 있다.

딱새 둥지에
몰래 낳아 숨겨둔 뻐꾸기알은
딱새 어미가 애써 품은 덕에 부화하고
딱새는 아무것도 모른 채
지극 정성으로 기른다.

딱새 새끼들은
뻐꾸기 새끼의 몸놀림에
둥우리 밖으로 밀려나 생의 최후를 맞는다.

딱새 새끼들의 슬픈 아우성이
애절한 울음 되어 울려 퍼지는데

뻐꾸기 어미 새는 온데간데없다.

뻐꾸기 울음 속에는
딱새 어미의 딱한 슬픔이 숨어있다.

밤안개 1

광안리 앞바다에
밀려오는 파도 속에 숨어있던 안개는
밤바다에서 바람을 찾아
술래잡기하는 연인들의 가슴 속에
이불솜 같던 가느다란 무더기로
서서히 내려앉고 있었다.

휘황찬란한 횟집 네온사인에 숨기도 하고
여름 밤거리를 쏘다니는
말들을 집어삼키며 방황하기도 했다.

마음을 다잡기 위해 펼쳐 든
시집의 글자 속에 흩어지던 안개는
광안대교의 찬란한 조명 불빛에서 내려
서서히 해수욕장을 삼키고 있었다.

희뿌연 밤안개에 덮인 아파트는 숨죽이며
사랑을 생각하는 연인들이
안개를 헤치고 먼바다를 향해
밀물인지 썰물인지 모르는
안개의 고향을 찾아서
때로는 호텔 건립에 없어질

미월드의 회전차를 타고 돌기도 하고
목마와 바이킹에 숨어 빙빙 돌거나
올라갔다 내려갔다 바람을 따라
여행을 준비하고 있었다.

밤새도록 여름을 집어삼킬 것 같은
밤안개의 욕망은
청춘남녀의 마음속에 숨어
서서히 하얗게 얼굴을 내밀며
희미한 추억으로 남아 있었다.

밤안개 2

바다 수면 위로 스멀스멀 기어올라
바다 위 배의 집어등 불빛마저 밀어내고
밤안개는 희뿌연 연기를 둥글게 뿜는다.

파도 속에 갇혀 있던 안개는
광안리 앞바다에 쏟아져 나와
밤바다 바람을 찾아 나선
피서객들의 가슴 속에
가느다란 무더기로
휘황찬란한 횟집 네온 사이에 숨기도 하고
여름밤 거리를 쏘다니는 말들을
집어삼켰다 토해내기도 한다.

마음속에 탱탱한 감정을 넣어 주기도 하고
시집의 시행까지 파고들어
광안대교 찬란한 조명 불빛으로
못다 읽은 시행을 낭송해 주기도 한다.

때로는 진조말산 소나무에 걸터앉아
광안대로를 달리는
자동차 전조등 불빛을 사각사각 씹기도 하며
먼바다에서 밀려오는 바람에 몸을 맡기기도 한다.

>
밤안개는 열대야에 비틀거리는
암흑 같은 어둠을 뚫고
해안 모래사장 위로 서서히 얼굴을 내민다.

봄이 오네

무심코 산을 보니
어느새 연둣빛 새싹이 솟아난다.

흙내음 맡으며
오고 가는 발걸음에
생기를 불어넣는다.

생명은 땅속에서
숨죽이고 있고
꽃봉오리는 꽃을 피우며
온누리 이곳저곳에
얼굴을 내민다.

꽃은 대지에 얼굴을 뽐내고
봄은 우리 곁에 성큼 와 있다.

가을은 가네

어디선가 바람에
떨어지는 낙엽들

여름내 싱싱한 잎을 일구었지만
가을 태풍에
고운 색깔 품지도 못한 채
힘없이 지고 있다.

앙상한 나뭇가지에
매달린 단풍잎은
깊어가는 가을을
애달프게 보낸다.

가야금 산조 가락에
아침을 맞는 가을에는
햇살도 좋고 바람도 선선해
마음마다 낙엽을 수북이 쌓으며
겨울을 맞이할 준비를 한다.

11월

앞으로 나아가길 원하지 않는다.
그렇다고 뒤로 돌아갈 수도 없는 일이다.

앞으로 나아가자니 무거운 겨울이 오고
또다시 한 살 더 먹는 부담까지 안아야 한다.

뒤로 돌아가자니 잊고 싶은 일들이 기다리고
더욱이 피폐했던 삶과 아픈 추억도 되돌아 봐야 한다.

그렇다면 그냥 지금 이 시간을 11월처럼
똑바로 서서 이 시간을 그대로 멈추게 하여
낙엽도 밟고 단풍도 즐기며
한 해를 보내는 11월의 끝자락을 붙잡고 살아야겠다.

오도 가도 못하는 세월을 위하여
삶의 흔적을 되새겨 보는
뻔한 고뇌를 위하여
11월은 마지막 12월을 향하여 꼿꼿하게 서 있다.

겨울이 오는 소리

겨울은 어둠에서 시작한다
아침 해가 솟아나기 전에
차가운 바람을 앞세우고 잠을 깨운다

어디로 가는지 정해지지는 않았지만
허허로운 사람들의 마음을 파고들며
힘겹게 겨울 이야기를 쏟아붓는다

얼얼해진 귓가에
저 먼 시베리아 북극곰의 숨소리와
눈 속에서 뒹구는
바다표범의 울음소리도 들려온다

겨울은 바람과 함께
차갑게 마음속을 파고든다

새벽길

고요한 새벽,
소변이 마려워
일어난 방안 어디에도
아버지 어머니는 보이지 않았다.

이른 새벽에 어디 가셨을까?

배추 무 쑥갓 등 온갖 채소를
지게에 지고, 머리에 이고
십리 길을 걷고 버스를 타고
사철 내내 솜리* 청과물 시장에
내다 파셨던 부모님.

내 머릿속도, 내 몸도
부모님 어깨에 짊어진
무거운 채소밭이었다.

나는 채소밭으로
공부하고 선생이 되었다.

* 솜리 : 전북 익산의 옛이름.

3부

몸을 씻는다

듣지 말아야 할 말을
들었을 때는
귀를 씻는다

보지 말아야 할 모습을
보았을 때는
눈을 씻는다

마음이 허전하고
울적할 때는
마음을 씻는다

내게 허물이 많고
염치가 없을 때
마음의 때를 벗기고
온몸을 씻는다

마음에 선을 긋는다

아름다운 꽃을 보고
꽃을 꺾고 싶을 때는
그리하면 안 된다고
마음에 선을 긋는다.

백화점이나 아웃렛에서
이것저것 사고 싶지만
유혹을 없애기 위해
마음에 선을 긋는다.

그 어떤 경우에도
옳은 일이 아니면
절대로 하지 못하게
마음에 선을 긋는다.

마음에 넘지 말아야 할 선을 그으면
한결 기분이 편안해지고
이웃이 보이고
또 다른 내 모습이 보인다.

나이를 먹어갈수록
마음의 선은 더욱 진하게 그어져

나이테처럼 지워지지 않는다.

부끄럽지 않게 살아가는 것은
마음에 적당한 선을 긋는 것이 아니랴.

싸움

기억도 아스라이 멀기만 한
초등학교 실과 시간에
학습원 풀 뽑기를 하다가
흙이 튕겨 옆에 놓고 있던
후배의 옷을 망쳐 놓아 크게 싸운 적이 있었다.

몸이 약해 후배에게 밀리고 넘어져
어쩔 줄 몰라 했던 그 이후로
마음은 짓밟힌 자존심으로 늘 힘겨웠다.

커 가면서도 이웃 동네에 사는
그 녀석을 보면
마음이 위축되곤 했던 상처는
오랫동안 그대로 남아 있었다.

이순耳順이 지난 지금도
누군가 마음에 들지 않는
의견을 내어도
숨죽이고 바라볼 뿐
어떤 의견을 내지 않고
한숨만 쉬는 건
단지 싸움이 싫어서가 아니라

마음속에 응어리 되어 남은
힘없이 조그맣게 웅크리고 있는
내 모습 때문이었다.

이제 나이를 먹을 만큼 먹고
삶의 근육질이 단단해졌으니
마음에 커다란 구멍을 하나 만들어
지지 않는 싸움을 쑤셔 넣어야겠다.

이명耳鳴 1

시방 내 귓속에는
새봄의 햇살이 따스하게 데워져
기막힌 소리를 내고 있다.

꽃이 웃는 소리와
바람이 떠드는 소리가
최고의 화음이 되어 붕붕 떠다니는 소리.

또한 내 귓속에는
잠 못 이루는 단어들이 차갑게 식어
서늘한 문장을 만들어 내고 있다.

흔들리는 세상을 이야기하는 소리와
이웃들의 고단한 목소리가
일제히 달려와 윙윙 쏟아내는 소리
그리고 생각을 송두리째 흔들어 버리는 소리.

이윽고 귓속에 갇힌 소리들이
꽃 속의 알 수 없는 울림을 듣고 있다.

귓속에 흐르는 꽃의 이야기와 떨림이
빙빙 쏟아지는 꽃가루 되어

아름다운 소리를 내고 있다.

내가 하고 싶은 말은 모두,
귓속에 윙윙거리며 숨어 있다.

이명耳鳴 2

　하는 일 없이 침묵이 길어지면 귀에서 잡다한 소리가 들려 온다 바람이 바다를 끌어들여 철썩거리는 소리를 내기도 한다 나무에 숨어 앉아 여름을 끌어 내리려는 매미 떼가 윙윙거리며 더위를 쫓아내는 소리도 들린다 매미는 작열하는 태양 빛에 더욱 더 고운 소리를 뽐내지만 그 소리는 하늘에서 빙빙 돌다가 금세 사람들 귓속으로 요란하게 스며든다 하지만 바람에 흔들리는 장미는 뾰족한 가시를 세우고 귓속에서 끊임없이 들여오는 소리를 콕콕 찔러 죽이고 삼켜버린다 귓속의 소리는 어디론가 사라진다 세상의 온갖 잡다한 소리를 떠밀어 내고야 귓속에는 다시 사람들이 살아가는 소리들로 채워진다 일터로 부지런히 향하는 사람들의 발자국 소리, 상인들이 시장에서 손님을 부르며 흥정하는 소리……, 이는 온갖 사람들의 살아가는 소리이려니 귓속에서 나는 소리는 어쩌면 아무도 모르게 열심히 살아가는 사람을 찾는 소리일지도 모른다 아니 귓속의 소리는 치열한 삶의 또 다른 외침이려니……

옷은 날개다

가만히 눈빛을 한곳으로 모으면
그대는 한 마리 사랑스러운 새가 된다

가볍게 푸른 하늘로 붕 올라가는
깊고 아름다운 마음이
비췻빛으로 채색되어
더욱 슬프도록
그리운 여인의 모습이 되어 내 앞에 선다

눈빛에 시려 가슴 깊숙이
두근대는 설레임
말은 하지 못하고 구름 사이로
수줍은 미소만 숨긴다

시간이 가면
아스라이 사라질 듯하다 다시 와
내 앞에 한여름 태양빛으로
단장한 그대여

산뜻한 옷맵시에 나는,
말을 잃어 바라만 보는
나무가 되어

훨훨 나는 옷의 날개에서
안식을 찾는다
사랑을 느낀다

그대가 입은 옷은 날개다
나의 혼에 불을 지르는 날개다
날개는 그리움이다

사랑의 모양*

사랑은
언어가 아니다

사랑은 외로움이다
사랑은 눈빛이다
사랑은 손짓이다
사랑은 뛰는 가슴이다

사랑은
가장 부드러운 감정의 물결이다

* 길 예르모 델 토로 감독의 제74회 베니스국제영화제 황금사자상 수
  상작, 원제는 THE SHAPE OF WATER.

가벼운 사랑

에라,
어쩌면 별사람이 있겠나 싶었다
죽도록 사랑했다던 고백은,
사소한 말싸움으로 소리 없이 사라지고
아무렇지 않게 헤어지면 그만이라는
이 시대의 젊은이들
울고불고 애통해 하던 그 옛날 신파극은,
마음속으로 무너지는 다리를
어쩔 수 없이 보고만 있을 뿐이다

어쩌다 사랑이란 얇디얇은 종잇장처럼
가볍게 바람에 날려가 버리고
끈끈하게 가슴 속 깊이 붙여 놓았던 믿음은
한순간에 뜬구름을 향해 달려 나갔다

연인들이여,
이별은 마음속에 숨어있는 사다리로 바꾸어라
사랑은 마음속에서 빠져나오는 빗물이 되어
홍수로 만드나니
이별과 사랑은 큰 바다에서
바람에 소용돌이치는 파도 속에 숨겨 놓지어다

춘곤증

만개한 벚꽃을 보면
꽃잎에 생각이 아리어
눈이 감겼다

눈이 감기면
꽃봉우리가 소스라쳐
졸음이 몰려 왔다

이윽고, 바람에 하얀 꽃잎은
아우성치며 떨어지고 있었다

책상에 앉아
하이덱거의 사상전집을 읽으며
허무와 고독을 뼈저리게 생각했다

그리고 늘 그랬다
어떻게 살아갈 것인가를 놓고
뒤척이며 밤새 잠을 청했다

또다시 잠 속에서
꽃잎은 힘없이
그렇게 바람따라

떨어지고 있었다

그래도 생각을 잃은 멍청한 한 사내
위태롭게 꾸벅꾸벅 졸며
하얀 꽃잎 위를
조심스럽게 기어가고 있었다

무늬

　한 여인이 걸어가고 있다. 휘황찬란한 옷은 아니지만 고운 색으로 국화, 개나리, 진달래꽃이 옷마다 사방으로 흩어져 있다. 사뿐사뿐 걷는 치마폭에 숨어 있는 그림들은 한 발짝 뛸 때마다 가쁜 숨을 몰아쉰다. 잡자, 잡아보자. 흩날리는 꽃잎마다 단아한 여인의 숨 가쁜 소리도 들려온다. 만지고 싶은 마음에 무늬를 따라가다 보니 어디선가 나비 한 마리 쏜살같이 날아올라 멋진 춤을 추고 있다. 마음속에 숨겨진 색깔마다 숨 멎은 아름다움이 진한 향기로 쏟아진다. 무의식 속에 묻혀 큰 숨을 몰아쉰다. 잠시 후 여인이 지나간 자리에 무늬는 댕그라니 남아 있고, 어느새 여러 꽃이 무늬를 그리며 자태를 뽐내고 있다. 여인은 어디로 갔을까.

요양병원에서

숨소리도 멈추는 듯 고요한 침묵 속에서
둥그런 눈은 천정을 바라보고 있다.

누가 오고 있는지
누가 가고 있는지
아무런 관심도 없이
휑한 가슴 속에 생각을 가둬놓고
그저 오가는 사람들을 보고 있다.

도무지 과거 속의 추억도
현재 살아있는 자신의 숨소리도
미래의 변화된 내 모습도 보이지 않고
생각은 목석같이 굳어졌다.

이승과 저승의 삶이 숨바꼭질하지만
아무도 술래를 찾지 못하는
무언의 침묵 속에서
또 하루를 보내는 우리네의 삶이여.

위하여

우리는 살아오는 동안
참 많이도 위하여, 라는 말을 사용했지

건강을 위하여
가정을 위하여
사랑을 위하여
행복을 위하여
더 나은 내일을 위하여
……위하여

하여튼 위하여, 는 무조건 주는 거였어
어떤 대가도 지불하지 않아도 되었고
말로만 해도 행운을 가져오는 거였지

어렵지 않게 나오는 말이고
누구나 쉽게 내뱉는 말이기도 하여
저절로 편안하고 얼굴에 웃음기가 감도는 말이었지

그러므로
힘든 일이 있어도
슬픈 일이 있어도
위하여, 하고 크게 외쳐보면

세상은 더 밝은 모습으로
우리들 앞에 의기양양하게 나타날 거야

자, 다시 한번 큰 소리로 외쳐봐
위하여, 위, 하, 여,

간직하다

나른한 오후
나만의 시간을 갖고 싶어
신문을 펼쳐 드는데
'간직할 수 있어서 행복하다'는
기사가 눈에 들어온다.*

간직하다는 말에는
귀하게 여기는 마음이
담겨 있다고 한다.

간직하다는 말을 보는 순간
나는 지금까지
너무 많은 걸 간직하며
살아왔다는 사실을
새삼 느끼게 되었다.

지나간 사랑,
읽고 싶은 책,
먹고 싶은 음식에 대한 집착……

버리지 못하고
잊지 못하는 욕심이

너무 많은 탓일까?

60살을 넘긴 이제는
애써 간직하지 말고 버려야겠다.

* 펜화 화가 이미경의 구멍가게 오후 세 시, 《조선일보》, 2018.7.1.
  (일) B7면에서 인용.

땅 그림 그리기

비가 멈추자
아이들이 운동장에 우르르 달려 나온다.

질퍽한 땅 위에 흙을 모으는 아이도 있고
흙을 파헤쳐 구덩이를 만드는 아이도 있다.

막대기와 돌멩이로
땅에 그림을 그리는 아이도 있다.

무엇을 그리는지 가만히 보고 있으면
동물이기도 하고
사람이기도 한 생명들이
땅 위에서 꿈틀거리고 있다.

온 정성을 다해
막대기로 그린 그림 위에는
어느새 아이들의 환한 웃음소리가 스며있다.

땅 위의 웃음소리가
사람들을 불러 모으고 있다.

땅에 그린 그림이

햇빛을 향해 벌떡 일어나
손뼉을 치며 부활하고 있다.

달빛 아래 홀리다

황홀한 달이
머리 위에서 빙빙 돌고 있다

서있는 사람
급히 발걸음을 옮기는 사람들에게
달빛은 아랑곳없이
그저 빛을 쏟아붓는데
사람들은 더 이상
달 아래 서서 달을 바라보지 않는다

달빛에 젖어 서 있는
외로운 사람들의 삶은
달빛 아래 홀리어
혼자서 긴 한숨 몰아쉬며
힘겨운 마음을 이겨내고
아무도 모르게
달빛 속에 숨는 거였다

힘겹게 달을 보는 사람 모두가
아무 생각 없이 달빛 아래 홀리고
아무도 모르게 달빛에 젖어
빙글빙글 도는 삶이 좋다고 한다

노숙인

나른한 봄의 햇살이
나들이 마치고 저녁을 맞이할 무렵
부산역 근처 광장에는
시간을 멈추게 하는 술병들이 나뒹굴고
그 옆에는 벌건 얼굴로
숨을 몰아쉬며 잠든 노숙인이 애처롭다

삼삼오오 지나가는
행인들의 눈초리에는 아랑곳하지 않고
오로지 모든 일을 잊어버리겠다는 표정으로
봄 햇살 속으로 초췌한 얼굴을 숨긴다

어쩌다 이 넓은 부산역 광장으로 모였을까
어쩌면 숨기고 싶은 자존심도 남아 있지 않은 노숙인은
먹을 거보다 많은 이불 봇짐과
배낭 속의 옷가지보다 가족들이 그리웠을 게다

그 많은 가족은 어디에 있을까
찾지도 갈 생각지도 않는 고향에는
봄 햇살만이 슬며시 고개를 내밀어
부산역 광장 바닥에 누워있는 노숙인에게
더 따뜻한 보금자리를 알아보라 눈짓한다

>
바쁘게 부산역으로 향하는
여행객의 발걸음 속에는
아무도 의식하지 못한 채
누워있는 노숙인의 지친 숨소리가 파고든다

노숙인은 휑하니 눈 뜨고
아무 생각 없이 그냥 지내는 게 두려워
일어나지 못하고 누워있는 것이다

무無

먹을 것이 없다는 것
입을 것이 없다는 것
집이 없다는 것
먹고 입고 잠잘 집이 없다는 것은
내가 태어날 때 아무것도 갖지 않고
오로지 큰 울음 한번 힘차게 울고
내가 이 세상에 있다는 것을 알렸던 것이
아무 의미가 없다는 것이다

아무 의미가 없다는 것은
욕심이 없는 게 좋다는 것이다
마음이 가벼워서 좋다는 것이다
남을 의식하지 않아서 좋다는 것이다

하지만 커 가면서
손에 쥐고, 마음속에 담고
이것저것 소유해야
편안한 생활이 되어 좋다는 걸 알면서부터
있는 것이 얼마나 부질없는 것인지도 알았다

내가 태어나서 어디로 가야 하는지
죽는 날까지 나다운 나를 찾아야 하는 것인지

한 스님이 무無라는 글자를 벽에 붙여 놓고
　천일 동안 무문관* 수행을 하는 모습에서도 찾을 수 없
었다

　없는 것은 있는 것도 아닌 것이
　있는 것은 없는 것도 아닌 것이
　지금 내 앞에 있는 모든 것이 없는 것도 아니고
　있다고 해서 있는 것도 아니므로
　없으면 없는 대로 살아가는 것이다

　그러므로 나는 무無 글자를 앞에 놓고
　텅 빈 생각에 잠겨 살아가 보는 것이다

* '무無'의 정확한 탐구만이 선문禪門에 들어서는 제일의 관문이라는 뜻
　이며, 두 평 남짓 독방 문을 밖에서 자물쇠로 채우고 하루 한 끼의 공
　양만으로 짧게는 3개월, 길게는 3년에서 6년간 정진하는 불교의 독
　특한 수행법이라고 함.

나는 안다
― 병病

나는 안다
몸이 무거워질 때
내 마음은 구름을 타고
하늘을 오를 듯
이리저리 방황했던 추억을

나는 안다
부모님이 허리띠를 매고
논밭에서 일하며
자식 공부를 위해
모든 걸 바친 것은
잃었던 부모님의 유년시절을
잊기 위해서라는 것을

나는 안다
마음을 꽉 붙잡고 싶고
건강한 몸을 갖기 위해
좋다는 온갖 약을 다 먹으며
더 나은 몸을 만들고
산책을 즐긴다는 것을

>
나는 안다
정말 안다
세파에 흔들리지 않기 위해
고달픈 가슴앓이 병에
온 마음을 쏟아붓는 것을

두꺼운 책

얄팍한 두께의 책이
손이 갈 때가 많았다

젊은 시절에는 바쁘다는 핑계로
책장을 넘기지 못하고
건성건성 책을 읽었다.

나이를 먹어갈수록
공허해지는 마음을 다잡기 위해
두꺼운 책을 골라 읽기로 했다.

노벨문학상 수상작가 밥 딜런의 『시가 된 노래들』
국문학자 김윤식의 『내가 읽고 만난 일본』
문학평론가 김주연의 비평선집 『예감의 실현』……

두꺼운 책은
읽기에 많은 시간이 걸렸고
끈질긴 인내력을 요구했다

그래도 삶의 깊이를
두꺼운 책에서 찾기 위해
계속 사보기로 했다

그냥

아파트 공사장을 지나며
한없이 올라가는 층수를 세어 본다.

길거리에 무수히 달리는 차들이
어느 회사에서 생산된 차인지를 유심히 바라본다.

길가에서 마주친 아이를 바라보며
부모가 누군지를 생각해 본다.

자전거 뒤 짐짝에 폐휴지를 잔뜩 싣고
힘겹게 페달을 밟고 가는 노인을 바라보며
노년의 삶을 미리 내다본다.

바람에 떨어진 꽃잎을 보며
생명의 덧없음에 발길을 멈춘다.

영어 회화 공부 有感

아예, 입, 다, 물, 고, 싶, 다.

발음되지 않는 희미한 낱말을 생각하며
머릿속에 물수레를 돌린다.

하지만 물수레는 뎅그러니 서 있을 뿐
돌리고 돌려도 물은 올라오지 않는다.

풍덩. 강, 물, 속, 에, 뛰, 어, 들, 어,
한없이 던져지는 미끼를 물고
지느러미 힘차게 흔들며 헤엄치는
물고기가 되고 싶다.

굳어진 꼬리를 다듬고
아가미를 쉴 새 없이 움직이며
내가 아닌 새로운 내가 나를 부르는
자유로운 대화를 위하여
힘차게 다시 한번 물수레를 돌, 리, 고, 싶, 다.

변기통

배가 살살 아파 오면
아무도 모르게
슬며시 찾아가는 곳

남자건 여자건 구별 없이
아무 생각 없이 맞이하는 곳

모르는 사람들도
함께 생각을 주고 받는 곳

깨끗하지 않지만
모든 사상 다 쏟아 놓고
나도 모르고
그 누구도 모르게
받아 주는 너는,
세상에서 가장 너그러운 기쁨이여

독백

오징어 한 마리와
신문 한 장과
우동 한 그릇과
만남을 위하여
까만 어둠 속에서
나의 의식이
하나의 체인으로 연결되어
하늘에 하나씩 매달아 놓는다
이건 살아가는 소리다
이건 살아가는 몸부림이다
바쁜 걸음 속에서
과거의 메모지가
새 단장을 하고 날아간다

노화 老化

책에서 보았는데
분명히 읽었는데
내용이 머릿속에 희미하고 어지럽게 맴돌 뿐
도무지 생각나지 않는다.

영화에서 보았는데
정말로 보았는데
줄거리가 머릿속에 아련하게 속삭일 뿐
도무지 생각나지 않는다.

그렇다고 마냥 속상할 일은 아니다.

나는 나이 들어가고
삶은 점점 속도를 내어 간다.

그래도 도무지 생각나지 않는 건
마음속 깊이 뿌리를 내린
삶에 대한 의지 때문일까.

만취 滿醉

술을 먹어도
해결되지 않는 것이 있다.

이리저리 머리를 굴려도
입으로 말할 수 없는
가슴에서 끓어오르는 그 무엇.

세상살이란 늘 말하고 싶은 대로
생각하는 대로 살아갈 수 없는 것이다.
사람답게 살아가는 것이란 무엇일까

흐르는 강물처럼
강물 흐름 따라 비치는 구름처럼
아무렇지 않게 살아가는 삶이면 될 텐데……

4부

일광정식집*

　허름한 간판 하나도 없는 일광해수욕장 옆 일광정식집에
는 테이블 몇 개에 선풍기 한 대가 천정에 힘겹게 매달려 있
고 손님은 예약만 받는다는데 밥상 위에는 자연에서 나온
그대로 음식들이 식탐을 돋우고 무엇보다 주인 아주머니는
그 누구보다 자신이 차린 밥상이 최고라는 프로의식으로
각각의 음식에 대한 자랑이 늘어지고 단골손님이 이 집을
드나드는 고객이라고 목소리를 높이며 점심때만 문을 열고
저녁 식사는 안 판다고 하는데 단골 소개로 온 지인은 찐 호
박덩쿨잎에 된장을 얹혀 먹으며 맛있다고 감탄사를 연발하
고 아주머니는 흐뭇한 미소로 연신 자신의 반찬 철학을 쉴
새 없이 말하며 올 사람은 다 알고 온다며 일광정식집은 올
손님은 언제나 온다고 확신한다. 오늘 점심 식사는 최고의
성찬이라 한마디 하고 배를 툭툭 치며 일광정식집을 나오
며 다시 한번 입맛을 다신다. 근처에 있는 일광해수욕장으
로 걸어가 바닷바람으로 소화를 시키며 다시 한번 메뉴를
생각한다. (일광식당 아낙네의 목소리가 내 발자국을 따라
왔다.) 손맛으로 먹은 배부른 정식, 사람들이 알아주고 먹
어줘서 좋다고 하는 주인 아주머니의 자랑이 파도를 타고
바다 속에 일렁인다.

　* 부산광역시 기장군 일광면에 소재한 음식점.

단골집

마음이 가벼워지고
생각만 해도 편안해지는 집이 있다

속이 출출할 때 찾아가
소주와 함께 곁들이는 단골 횟집에서는
덤으로 해삼과
정으로 멍게를 듬뿍 더 얹혀 준다

마음이 저절로 따뜻해져
나는 덤으로 준 안주로
소주 한 잔을 부어 마신다

언제든지 찾아도
누구보다 반겨주는 단골집 주인은
내 마음의 벗이다

늘 있던 그 자리에
그대로 있는 단골집은
푸짐한 마음까지
모두에게 골고루 나누어 준다
그 누구도 차별하지 않는다

죽림소반*에서

고층빌딩 유리창 너머로
운무에 사라져 가는 광안대교가 보인다.

창가에서 보는 바다는
쭉 뻗어 오른 대나무 숲을 이루고
연잎 속의 따뜻한 밥은
눈요기 속에 입맛을 돋운다.

구수한 파전은
하루의 피로를 누더기처럼 붙여 놓고
식객의 손끝에서 몸부림친다.

아무도 잘 익은 파전의 숨소리는 듣지 못하고
대나무 숲에서 밀려오는 바람 소리에
화들짝 놀라 음식마다 숨을 멈춘다.

먹음직한 맛은
대나무 숲에서 이는 바람 소리에
더욱 구미를 당기고
사람들은 한 상 차린 음식 앞에서
냄새를 끌어안고 손을 비빈다.

\>

자, 이제는 마음껏 먹어도 좋다.

* 부산 해운대 마린시티에 있는 한식집.

고향집 소묘

고향을 떠나면
언젠가는 꼭 그려볼 풍경화를 위하여
누군가 고향의 추억을 물으면
자랑스러운 대답을 위하여
그보다 삭막한 도시의 삶에서
감정의 순화와
순박한 시골 인심과
푸르른 이웃들의 웃음소리와
살아가는 소리의 여운을 위하여
초가집 둘레에 심어둔 은행나무는
십년이 지나 줄기는 집보다
서너 배 크며 열매까지 맺는다.

엄나무, 감나무, 대추나무, 단풍나무도
줄줄이 돌담 따라 커가며
비오는 날이면 한없이 존재가 시원스러운 것들.

초여름 어느 날
고향집에 들러
뚝뚝 떨어지는 빗방울 소리와
방문을 열어젖힌 내 눈빛과
녹음으로 자지러지는

횡렬로 선 나무들이
눈앞에 한 폭의 그림으로 서 있다.

고향을 떠나면 언젠가 그려볼
위대한 나의 풍경화를 위하여
아름다운 고향 집을 새롭게 장식하면서
나뭇잎들은 제각각 하늘거린다.

대금굴*

수억 년을 기다려 만난 굴은
쏟아지는 동굴 속 물보라에 묻혀
도무지 얼굴을 내밀지 못한다.

하염없이 떨어지는
물소리에 마음을 열고
종유석에 새긴 얼굴들.

굴은 몇 억년의 전설을 찾아
긴 동굴 속 호수에서
얼굴을 맑게 씻고
탐방객의 감탄 소리에
얼굴을 묻는다.

끝이 없는 물소리에
사람들은 숨죽이며
굴 안의 폭포 속에 꼭꼭 숨는다.

* 삼척에 있는 동굴, 환선굴 옆에 있음.

청산도 기행 1
― 영화 '서편제'의 촬영지에서

소리가 그리워
그 누구도 말을 잃고
침묵으로 마음을 다스리며
돌담길을 걸을 때
파도가 바람에 끼여
아무도 모르게 심한 몸살을 한다.

서편제 촬영지에서
하얀 두루마기를 입고
판소리를 열창하는 청년 소리꾼이
소리를 높일 때
파도는 또다시 바람을 찾아
청산도 마을마다
느린 삶의 의미를 쏟아놓고
지나가는 사람들에게
무거운 짐을 놓고 가라 한다.

시리디시린 판소리 가락에
파도는 소리를 삼키고
여행객의 귓가에는
눈먼 소리가 길을 찾고 있다.

청산도 기행 2
― 상서 마을 돌담길*

초여름의 싱그러움이
마을길 안 깊숙이 번진다.

마음을 모아
하나하나 쌓아 올린 돌담은
인기척을 감싸 안은 길을 만들고
돌들은 떨어질 새라 밀착하여
덩굴나무의 친구가 된다

일찍이 마을 사람들이
도란도란 이야기하는 소리도 듣고
어느새 명물이 되어
수많은 방문객들의 감흥어린 찬사도 듣는다

한적한 상서마을 돌담길에는
마을을 지키는 염소 떼와 돼지 무리로
한가로이 뛰노는 닭들의 울음으로
활기찬 생명이 이방인을 맞는다

* 청산도에 있는 돌담길로 유명한 마을.

대량* 풍경

여름을 달래기 위해
남해 섬 깊은 마을 소량을 지나
조그만 바닷가 항구 마을 대량에 닿아
무더위를 풀어 놓고
오랫동안 비워 놓았던 허름한 집에서
밤늦게까지 소주를 마신다.

거실에서 손 뻗으면 잡힐 듯한
방파제 끝에서 밤낚시를 즐기는
낚시꾼의 불빛에 이끌려 바닷가로 향한다.

한밤중 방파제를 밝히는 전등 아래 물가에는
사람들의 소리를 엿듣는 청둥오리 가족이
두려움도 모르고 유유히 헤엄치며
대량 마을의 어둠을 몰아낸다.

대량 마을은 깊은 어둠 속에서
먼동이 트는 아침을 맞이하기 위해
숨죽이며 엎드려 있다.

* 남해에 있는 마을.

카페에서

누구는 웃고 있고
누구는 울고 있고
누구는 입 닫고 있고
누구는 말하고 있고
누구는 스마트폰을 만지고 있고
누구는 노트북을 뚫어지게 보고 있고
누구는 책을 보고 있고
누구는 차를 마시고 있고
나는 어떤 차를 마실까 망설이고 있는데
카페 안에 있는 모든 사람들이
갑자기 동작을 멈추고
일제히 나를 주시하고 있다

부
끄
럽
다

카페는 사람을 보는 곳이 아니다
만나는 곳은 더욱 아니다
나 홀로 사람들의 마음에
나를 흩뿌리는 곳이다

>
생각도 버리고
잡념도 버리고
그냥 앉아서 나를 버리는 곳이다

그래서 카페는 사람들로 가득 차 있는 것이다
아무도 모르게 살짝 찾아오는 곳이다

단풍 속에 숨다

단풍 속에
새가 숨어있고
물소리가 숨어있고
계곡이 숨어있고
사람들이 숨어있고
가을이 숨어있네.

단풍 속에 내가 숨어있네.

말들

바람처럼
휘몰아치는 비처럼
쏟아내는 말들은
칼이 되기도 하고
불이 되기도 하고
따뜻한 마음이 되기도 한다

무수히 쏟아내는 말은
진실이 통하면
내 마음이 되기도 하고
흐르는 강물처럼
유유히 온정으로 흘러
마음을 녹이기도 한다

말이 많은 세상
말이 말을 낳고
말이 말을 삼킨다

그래도 말하면
따듯하게 전해지며
온기를 느끼게 하는
그런 말들이 온 세상에 가득하면 좋겠다

스위스 여행시편 1
— 루체른 호수*

해가 호수 위로 떨어진다

잔잔한 물결 위에
배를 탄 선객들의 환호성이
줄을 지어 쏟아진다

산이 호수 위에 떠 있고
알프스 산맥의 만년설이 쏟아진다

산 위에 미끄러질 듯
해와 함께 내가 떠 있다

* 스위스 소도시 루체른에 있는 호수(피어발트 슈테터 호수로 불리기
  도 함).

스위스 여행시편 2
— 거울 미궁* 앞에서

이곳에도 있고
저곳에도 있고

여기에도 있고
저기에도 있고

사방팔방 보아도 나뿐인데
그럼 진짜 나는 어디에 있을까?

이곳에도 없고
저곳에도 없고

여기에도 없고
저기에도 없고

그럼 나는 어디에 있는 것일까?

* 스위스 루체른의 빙하공원에 있는 만화경.

스위스 여행시편 3
― 베른* 거리의 악사

뜨거운 태양 아래에도
수많은 인파 앞에서도
오로지 자신을 드러내는 일

신나게 웃으면서
걸죽한 입담으로
악을 쓰듯 쏟아내는 노래들
하늘을 찌르는 악기의 울림

거리에서 노래를 부르는 것은
자신을 잃어버리는 일이다
자신을 숨기는 일이다

* 구시가지 전체가 유네스코 세계 문화유산으로 지정된 스위스의 수도.

스위스 시편 4
― 라인 폭포*

태양이 달려온다
바람이 달려온다
양떼가 몰려온다
소떼가 몰려온다

끊임없이,
힘차게,
더 우렁차게
달려오고 몰려와
사람도,
생각도,
한순간에 삼켜버린다

* 스위스 북부 샤프하우젠 근교에 있는 라인강 유일의 폭포이자 유럽
  최대의 폭포.

스위스 시편 5
— 시옹성*

호숫가 바위섬에
철옹성을 세운 중세 사람들은
마음에 벽을 쌓아 둔 모양이다.

병기창과 성전, 감옥으로
사용되었던 천연의 요새 시옹성

어둠을 뚫고 성안으로 들어가면
죄수로 갇혀
삶과 죽음의 경계에 서서
세월도 잊은 채 숨을 거둔 사람들이
일제히 일어선 듯 침묵이 흘렀다.

일찍이 시인 바이런이 방문하여
그 처절한 모습에
크게 놀랐다고 한 시옹성의 감옥에서
죄수들은 호수만을 바라볼 뿐이었으리라.

시옹성의 죄수는
근접할 수 없는
호숫가의 그늘에 몸을 숨기고
힘든 육신은 그늘이 되어

지금도 레만 호수에 세찬 바람을 일으킨다.

* 스위스 호반도시 몽트뢰 레만 호수 동쪽 끝자락에 자리 잡고 있는 중
  세의 성.

스린 야시장*에서

저녁을 재촉하는 불빛이
일제히 일어나
지나가는 사람들의 발길을 유혹하면
사람들은 생각도 벗고
마음도 벗고
걷고 또 걷고 돌아다녀야 했다

수많은 인파와 음식들이
서로에게 건네는 삶의 이야기들
호객 소리와 조리하는 손놀림이
지나가는 낯선 여행객의 마음을 서성이게 한다

무엇을 사서
어떻게 먹어야 하는지 몰라도
비언어의 몸짓은 빛에 숨어
먹고 싶은 욕구를
마음속에 굴리고 있었다

* 타이베이에 있는 대만 최고의 야시장.

타이루거 국가공원*에서

깊은 협곡 물속으로
흩어진 마음을 깊이 숨긴다

미워했던 사람들의 모습도
싫어했던 사람들의 목소리도 함께
흐르는 물속으로 흘려 보낸다

자제공덕회 증엄스님**의
자비희사 정신을 되새기며
신비한 협곡에서
청량하게 독송하는 스님의 목소리에
숨겨있던 마음을
다시 꺼내어 본다

자비와 지혜가 서서히 보인다
환희의 순간들
나무관세음보살

* 대만 화렌에 위치한 국립공원으로 협곡이 유명함.
** 대만에서 가장 존경받는 스님으로 중생구제의 서원을 담아 1966년
   자제 공덕회를 조직함.

폐광촌은 살아 있다

찌는 무더위 속에서
옛길을 더듬어 폐광촌에 간다.

어느새 마음속에는
시커먼 얼굴의 광부들이
하얀 이를 드러내며 악수를 청하고
집에서 정성껏 가져온 도시락을 권한다.

귓속을 때리는 드릴의 작업 소리에
놀란 방문객들은
석탄박물관에서 탄광촌 전시물을 바라보며
옛날 그 모습의 탄광촌을 만들어 본다.

광부의 새까만 안전모 불빛이
갱 속을 훤히 밝히자
탄광촌의 여러 곳에서
사람 소리가 밀려오고
탄광촌은 살아 숨 쉬고 있다.

거리 공연

해운대 밤바다에
별빛이 내리자
수많은 사람들의 발길이 모인다

파도에 실려 보내는 악기 소리와
무명가수의 노래 소리가
먼 대양을 향해 달리고
인생을 비트는 마술사의
능청스러운 연기가 무겁다

사람들은 거리 공연을 보며
나는 어디로 가야 하는 걸까
멍때리며 고민하는 사이
사람들 속으로 여름밤은 서서히 사라진다

찬讚, 자황선사*

자황사 뜨락에
꽃 피는 소리 그윽하다

등신불이 된 자황 스님의 몸체에서는
마음을 파헤치는 향내가 난다

사람 소리 구름 소리에
선사는 오는 사람마다
중생 구도를 위한 굳은 의지 다지신다

자비를 실천하려
두 손 모아 마음 모아
빌고 또 빌며
몸이 사랑으로 굳어져
숨도 멎고
그대로 등신불이 되었다

부처는 자황선사의 불심을 거두고
극락왕생의 모습으로 현현한다

쉴 새 없이 참배하는 발자국 소리에
하늘이 미소를 띤다
석가모니불 나무석가모니불

* 1958년 입적하여 등신불이 된 스님으로 대만 자황사에 안치되어 있음.

마음의 선 긋기, 혹은 겸허의 시학

송희복 문학평론가 · 진주교대 국어교육과 교수

마음의 선 긋기, 혹은 겸허의 시학

송희복 문학평론가 · 진주교대 국어교육과 교수

1. 진짜 나는 어디에 있을까?

시인 정재규는 부산의 교육계에서 오랫동안 몸을 담아 왔다. 낯선 타관 땅인 부산은 그에게 평생직장의 권역이었다. 반면에, 이 글을 쓰는 나는 부산이 고향이면서 평생을 외지에서 보냈다. 나 역시 은퇴를 염두에 두고 서울 본가 외에 고향에 책 읽고 글 쓸 공간을 마련해 있다가, 비교적 최근에 지인의 소개로 시인을 만나 알게 되었다.

시인은 지역 교육계의 요직을 두루 맡으면서 머잖아 은퇴를 준비하고 있다는 말을 들었다. 은퇴를 준비한다는 것은, 과거를 정리하고, 미래를 설계한다는 것은 아닐까? 이번에 머잖아 간행될 시집인 『마음에 선을 긋는다』는 은퇴를 기념하는 시집인 것으로 보인다. 이 글을 쓰게 된 나 역시 기쁜 마음으로, 우선 새로운 시집을 간행하는 시인에게 축하의 뜻을 보낸다. 시집의 표제에서 암시를 받을 수 있는 것처럼, 이번 시집에는 시인의 인생관이 잘 반영되어 있다.

부끄럽지 않게 살아가는 것은
마음에 적당한 선을 긋는 것이 아니랴.
— 「마음에 선을 긋는다」 부분

　이번 시집의 내용을 보면, 가장 울림이 큰 표현은 '마음의 선 긋기'이다. 마음에 선을 긋는다는 것은 무욕과 절제를 가리키는 말이 아닐까, 한다. 사실상 마음의 선이라고 하는 것은 눈에 보이지 않는다. 뉴스에 등장하는 세상의 험한 일 모든 것들이 마음의 선을 긋지 못하는 데서 비롯된 게 아니겠는가. 이런 것들이 하루에도 무수히 우리에게 전해지고 있지 않은가. 인간의 욕망을 결코 측량할 수 없듯이, 마음의 선 역시 눈에 보이지 않은 데 놓여 있지 않은가.

나른한 오후
나만의 시간을 갖고 싶어
신문을 펼쳐 드는데
'간직할 수 있어서 행복하다'는
기사가 눈에 들어온다.

간직하다는 말에는
귀하게 여기는 마음이
담겨 있다고 한다.

간직하다는 말을 보는 순간
나는 지금까지
너무 많은 걸 간직하며

살아왔다는 사실을

새삼 느끼게 되었다.

　— 「간직하다」 부분

　시인은 어느 날 신문기사를 통해 '간직하다'라는 낱말을 우연히 발견한다. 이에 대한 재조명이 그에게 이루어졌다. '간직하다'가 귀하게 여기는 마음의 담김일까? 물론 세상의 많은 사람들이 동의할 것이다. '간직'이란 말, 참 좋은 우리 말이다. 한자말처럼 보이지만, 토박이말이다. 국어사전의 풀이에 따르면, 물건 따위를 어떤 장소에 잘 간수하여 둠, 혹은 생각이나 기억 따위를 마음속에 깊이 새겨 둠……. 시인이 본 신문기사의 내용은 후자에 해당하는 듯싶고, 시인은 생각으로는 전자에 뜻을 두고 있으니, 서로간의 생각은 사실상 동상이몽이다. 하지만 기억을 포함해 소유를 한다는 점에서는 생각이 같을 수 있다.

　소유라는 말의 뜻은 생텍쥐페리의 동화『어린왕자』에도 나온다. 어린왕자는 왕과 사업가를 만났는데, 왕은 별들을 지배한다고 했고, 사업가는 이것을 소유한다고 했다. 지배하고 소유하는 것은 속물적인 어른의 세계에서나 존재하는 것. 순수한 동심의 세계는 지배—피지배의 관계나 소유—무소유의 경계는 소멸된다.

　살아생전에 이 작품을 무척 좋아했던 법정 스님은 자신의 대표적인 에세이 「무소유」에서, 소유한다는 것을 소유당하는 것이라고 말한 바가 있었다. 우리 사회에 무소유의 정신을 심어주고 간 스님의 글들이 그의 빈자리를 채워주고 있듯이, 시인 정재규의 이번 시들에도 불교적인 내용들이 간혹 보이는데, 다음에 인용된 시를 함께 보자.

이곳에도 있고
저곳에도 있고

여기에도 있고
저기에도 있고

사방팔방 보아도 나뿐인데
그럼 진짜 나는 어디에 있을까?

이곳에도 없고
저곳에도 없고

여기에도 없고
저기에도 없고

그럼 나는 어디에 있는 것일까?
— 「스위스 여행시편 2 —거울 미궁 앞에서」 전문

이 인용 시는 스위스 여행 체험의 결과로 나타난 것이다. 시의 배경은 루체른의 빙하공원에 있는 만화경이라고 한다. 거울로 된 미궁에서, 시인은 자신의 모습을 비추어 보고 있다. 거울 속에 비추어진 내 모습은 일종의 그림자이다. 현대 철학의 용어에 의하면 모든 실재의 인위적인 대체물인 '시뮬라크르simulacra'라고 볼 수 있다. 인간은 이처럼 다름 아닌 가상 실재의 미혹 속에 살아가는지 모른다. 사물이 기호로 대체되고 현실의 모사나 이미지가 실재를 더 이상 흉내낼 수 없을 때, 사물의 실재와 환영幻影의 관계는 본래의 가치를 잃어버리고 가상현실이 되는 것이 아닐까?

굳이 선禪불교가 아니라고 해도, 우리는 묻고 답할 수 있다. 진짜 나는 어디에 있을까? 나의 모든 것을 버리는 데서, 비로소 찾을 수 있다. 거울 미궁 속에서 헤매고 있는 나는 그림자요, 번뇌요, 아상我相에 지나지 않는다. 아상이란, 자기중심의 미혹의 관념이나 그릇된 집착을 가리킨다.

2. 생명의 의지와 생명에의 의지

시인 정재규의 이번 시집 속에 사람, 사람됨, 사람살이의 이야기에 관한 내용이 그리 많지 않다. 대신에, 사물을 소재로 삼거나 그 물성物性을 드러내는 것으로써 삶을 이야기하기도 하고 인생의 의미를 찾기도 한다. 사물의 존재성을 통해 삶의 의미를 투사하는 시인의 원숙한 시선이 예사롭지 않다. 내가 이 장章에서 선택해본 소재는 그늘과 세발낙지와 귀 울림이다. 이를 시제詩題로 삼은 시편들의 역량이 결코 간과할 수 없어서다. 먼저, 시편「그늘」을 살펴 보려고 한다.

햇볕이 쩽쩽 내리쬐는 운동장 한구석에 아름드리 느티나무 그늘이 햇빛을 모으고 있다. 햇빛이 많이 모일수록 더 진한 그늘을 만들어 놓고 바람에 밀려오는 새들의 소리를 하나하나 챙기고 있다. 그늘은 어린 시절에 길 가다 더위에 지쳐 물 한 모금이 생각날 때 주위를 두리번거리다 풀썩 주저앉아 옷을 벗어던져 놓고 드러눕던 편안한 안식처였다. 바로 옆에는 가끔씩 길을 잃은 개미가 나무줄기를 타고 올라가다 무리의 흔적을 되찾아 땅 위로 내려와 쏜살같이 나무 밑구멍을 찾아 들어가기도 했다. 개미들을 무심코 바라보며 누구나 한 번쯤은 가졌을 또 다른 그늘을 생각하곤 했다.

어두운 그늘이 드리운 마음에 포근한 그늘을 덮어 주고 힘든 생활 속에서도 따뜻한 정을 주셨던 어머니의 그늘, 외로울 때 끊임없이 이야기를 나누며 함께 놀아주었던 친구의 그늘, 삶이 힘들고 지쳐 있을 때 마음속에 만들어진 나만의 그늘을 찾아본다. 보이지 않게 힘이 되어 주었던 그늘에서 또 다른 그늘이 온몸을 감싸준다.

햇빛이 더욱 강하게 그늘을 만들어 주면 늘 아껴 주었던 사람들의 숨겨진 그늘이 더욱 그립다.

　─「그늘」 전문

　이 시에서 운동장 한구석의 아름드리 느티나무 그늘이 삶을 이야기하는 단초가 되기도 한다. 여기에서 그늘은 편안한 안식처가 되기도 하고, 모성의 이미지를 갖추어 있기도 하고, 늘 함께하는 친구의 모습으로 나타나기도 하고, 온몸을 감싸주는 보이지 않는 힘이 되기도 한다. 그늘은 다름이 아니라 은미(隱微 : 겉으로 드러난 것이 거의 없음)한 삶의 표상이다.
　그늘이라고 하니까 생각나는 게 있다. 비평가 임우기는

이미 오래 전에 소위 '그늘론論'을 제창한 바 있었다. 그는 1996년에 "그늘로 인해 작품은 생생한 삶의 몸을 얻는다." 라고 하는 경인구를 남기기도 했다. 나는 독자들에게 이 한 문장을 염두에 두고 정재규의 시편 「그늘」을 한번 읽어보기를 권한다.

짜디짠 바닷물과 갯벌 속에 뒤엉켜
필사적으로 삶을 이어가는 운명

때로는 태양 빛을 몰래 훔쳐보며
끓어오르는 힘을 모으나
탐욕스러운 사람들의 입맛에 주눅 들고
갯벌을 휘젓는 어부들의 손끝이 매서워
미끌미끌한 몸뚱이는 땅속 깊이 파고든다

갯벌에는 필사적인 몸부림으로
녹초가 된 세발낙지의 벅찬 숨소리가 가득하다

그래도 갯벌 깊숙한 흙속에서
겨우 참고 목숨을 부지했건만
처연한 모습으로 식탁에 올라와 있다

접시에 긴 다리를 바짝 붙여보지만
나무젓가락 사이에 끼워진 채 돌돌 뭉쳐져
입 속에서 일생을 마감하는 처연한 삶

갯벌 속에서 유영하던 강인한 힘은
사람들의 입속에서 힘겹게 녹지만
인간의 눈빛에 짓눌려 잡혀온 세발낙지는
온몸을 비틀며
있는 힘을 다해 갯벌로 달려간다
— 「세발낙지」 전문

  시인 정재규에게 있어서 그늘이 생명의 의지依支라면, 여
기에서 소재로 삼고 있는 세발낙지는 생명에의 의지意志라
고 하겠다. 나는 한때 '세발낙지'가 발이 세 개인 낙지인 줄
알았었다. 다리들이 가느다랗기 때문에, 가늘 세細자 세발
낙지인 것이다. 주로 갯벌에 서식하는 작은 크기의 낙지를
가리킨다. 세발낙지의 다리개수는 일반 낙지의 경우처럼
여덟 개라고 하는데, 나도 정확하게 잘 모른다.

  사람들 중에서 누가 세발낙지를 먹으면서 이것의 물성에
관해 이런저런 생각을 하겠는가? 시인 정재규의 독특한 시
적 발상이 우리를 다시금 성찰하게 만든다. 마침내 갈가리
찢어진 처연한 모습으로 식탁에 오르지만, 그것의 물성은
필사적인 몸부림으로 갯벌 속에서 자신의 잔명을 보듬는다
는 데 있다.

시방 내 귓속에는
새봄의 햇살이 따스하게 데워져
기막힌 소리를 내고 있다.

꽃이 웃는 소리와

바람이 떠드는 소리가
최고의 화음이 되어 붕붕 떠다니는 소리.

또한 내 귓속에는
잠 못 이루는 단어들이 차갑게 식어
서늘한 문장을 만들어 내고 있다.

흔들리는 세상을 이야기하는 소리와
이웃들의 고단한 목소리가
일제히 달려와 윙윙 쏟아내는 소리
그리고 생각을 송두리째 흔들어 버리는 소리.

이윽고 귓속에 갇힌 소리들이
꽃 속의 알 수 없는 울림을 듣고 있다.

귓속에 흐르는 꽃의 이야기와 떨림이
빙빙 쏟아지는 꽃가루 되어
아름다운 소리를 내고 있다.

내가 하고 싶은 말은 모두,
귓속에 윙윙거리며 숨어 있다.
　　　　　　　　　　　　　　　　—「이명 1」 전문

　이 시는 이명耳鳴을 소재로 한 시다. 우리말로는 글자 그
대로 '귀 울림'이라고 해야 하겠는데, 이 말이 아직은 국어
사전에 등재될 낱말(표제어)로 자격을 얻지 못하고 있다.

이 말이 하나의 공인된 낱말로 승격되면, 띄어쓰기의 빈 틈새도 사라지면서 '귀울림'으로 표기될 것이다.

내가 주변 사람들로부터 들은 얘기에 따르면, 이명이 보통 괴로운 게 아니라고 한다. 이것은 난치병 중의 난치병이다. 시인은 이명이란 병고의 구체적인 소리를 표현해내고 있다. 갖가지 소리를 베껴낸 글솜씨는 마치 판소리 사설을 듣는 것 같다. 내가 생각키로는 시인의 이번 시 가운데 가장 완성도가 높은 시라고 생각한다.

이 귀 울림의 소리가 시인의 경험인지 상상력인지 잘 알수 없으나, 만약 후자의 경우라면, 한층 더 가치가 있는 것이라고 여겨진다. 문학 작품이 날것의 경험이기보다는 허구적 장치의 소산인 게 더욱 본질적여서다. 혹은, 이것이 시인의 경험이라고 하자. 고통스러운 귀 울림의 소리를 이렇게 여유롭고 아름답게 표현할 수 있다는 게 놀랍다.

3. 풀잎 속의 영롱한 이슬을 노래하다

중국의 지식인 사회에서는 전통적으로 '문자인야文者人也'라고 하는 표현이 나돌고 있었다. 글이란, 글을 쓴 그 사람 자체라고 하는 말. 이를테면 작품은 작가의 인품이라는 것. 시인 정재규의 시 작품을 보면, 인간 정재규의 인품이 그대로 드러나거나 전해지고 있다.

그가 시를 바라보면서 생각하는 눈길은 온화하고 겸허하다. 이를테면 '겸허의 시학'이라는 비유적인 표현이 잘 어울릴 것 같다. 그는 어려운 말로 자신의 뜻을 난해하게 만들지도, 자신의 존재성을 꾸미려 들지도 않는다. 먼저, 시로 쓴 시인론이라고 할 수 있는, 그의 시편「시인」을 살펴보자.

마음이 숨을 곳을 마련해 주고
한 마디 말속에 마음을 넣어 두기도 하며
자세히 들여다보면
나보다 타인을 먼저 이해해 주기로
단단히 마음먹은 사람

가까이 또는 멀리서
시원한 파도보다 더 힘차게
물보라 일으키며
내 앞에 점점 더 가까이 다가와
진솔한 이야기보따리를 풀어놓는
살갑고 습습한 사람

그 누구보다 가슴이 따뜻한 언어들로
풀잎 속의 영롱한 이슬을 노래하는
진초록 같은 사람
또한 누구에게나
희망의 눈빛을 전해주는 편안한 사람
—「시인」전문

시인 정재규는 시인을 세 갈래로 바라보고 있다. 첫째는 마음이 숨을 곳을 마련해 주고, 또 한 마디 말속에 마음을 넣어 두기도 하는 사람이다. 자신보다 타인의 마음을 먼저 이해해 주는 사람이 시인이라는 것이다. 이타적인 존재상이랄까? 둘째, 진솔한 이야기보따리를 풀어 놓는 살갑고 습습한 사람, 시는 삶을 이야기하는 노래이다. 이런 점에서 시인은 이야기꾼이자 노래꾼이다. 마지막으로, 시인은 그 누구보다 가슴이 따뜻한 언어들로 풀잎 속의 영롱한 이슬을 노래하는 진초록 같은 사람. 시인은 희망의 메시지를 전해 주는 존재상이 아니어선 안 된다는 것이다.

비가 멈추자
아이들이 운동장에 우르르 달려 나온다.

질퍽한 땅 위에 흙을 모으는 아이도 있고
흙을 파헤쳐 구덩이를 만드는 아이도 있다.

막대기와 돌멩이로
땅에 그림을 그리는 아이도 있다.

무엇을 그리는지 가만히 보고 있으면
동물이기도 하고
사람이기도 한 생명들이
땅 위에서 꿈틀거리고 있다.

온 정성을 다해
막대기로 그린 그림 위에는
어느새 아이들의 환한 웃음소리가 스며있다.

땅 위의 웃음소리가
사람들을 불러 모으고 있다.

땅에 그린 그림이
햇빛을 향해 벌떡 일어나
손뼉을 치며 부활하고 있다.
— 「땅 그림 그리기」 전문

땅 그림을 그리는 아이들의 이야기는 독특한 소재의 시 작품이다. 여기에서 아이들은 앞에서 본 「시인」에 등장한 시인의 존재상에 진배없다. 어른에 의한 관찰자적인 시점의 성인 시이지만, 지향하고 있는 정신의 세계에 있어서는 동시 같은 시라고 할 수 있다.

땅에 그린 그림이 바로 시인의 시요, 예술가의 예술 작품이다. 시와 예술은 온 세상에 괴질이 창궐하고 있는 지금처럼 아무리 어려운 시대라고 해도 희망의 메시지를 담고 햇빛을 향해 벌떡 일어나 손뼉을 치며 부활하고 있다. 시인 정재규의 시에도 아이들의 환한 웃음소리가 스며있기를 바라 마지 않는다.

요컨대 「땅 그림 그리기」는, 적어도 내가 생각하는 한, 시인 정재규의 가장 대표적인 작품인 것으로 보인다. 나는 이 시를 처음 접할 때 타고르의 명시 「바닷가에서」를 떠올렸다. 무한한 세계의 바닷가에서 어린이들이 모입니다⋯⋯ 로부터 시작되고 있는 그 주옥의 명시 말이다. 「땅 그림 그리기」와 같이 성취적인 수준의 시편은 그의 고향 마을 어딘가에 시비로 세워져 기념되어야 한다고 보는 게 나의 소견이다.

시인 정재규의 시에는 「어느 노인의 아침」에서 폐휴지를 한가득 실은 수레를 힘들게 끌고 가는 노인을 응원하는 반려견처럼, 「휴지통」에서 냄새나는 쓰레기통을 뒤집고 있는 길고양이처럼, 「야생화」에서 혼자여야 아름다움을 오래 뽐내는 야생화처럼 그렇게 잘나 보이거나 눈에 띄는 것들이 결코 아니다. 그의 시들도 아무렇게나 놓여 있는 무정물이라기보다, 살아있는 제 모습을 그럭저럭 이어가고 있는, 그래서 더 건강해 보이는 생명체와 같다.

하지만 심미적인 가치를 최대한 절제하고 있는 그답지 아니한 심미적인 시도 간혹 보인다. 가장 대표적인 것이 다음에 인용되어 있는 「무늬」이다. 한 여인의 치마폭에 아로새겨져 있는 무늬를 따라가다 보니 어디선가 나비 한 마리 쏜살같이 날아올라 멋진 춤을 추고 있다는 것은 매우 환상적이고, 환혹적이다.

한 여인이 걸어가고 있다. 휘황찬란한 옷은 아니지만 고운 색으로 국화, 개나리, 진달래꽃이 옷마다 사방으로 흩어져 있다. 사뿐사뿐 걷는 치마폭에 숨어 있는 그림들은 한 발짝 뛸 때마다 가쁜 숨을 몰아쉰다. 잡자, 잡아보자. 흩날리는 꽃잎마다 단아한 여인의 숨 가쁜 소리도 들려온다. 만지고 싶은 마음에 무늬를 따라가다 보니 어디선가 나비 한 마리 쏜살같이 날아올라 멋진 춤을 추고 있다. 마음속에 숨겨진 색깔마다 숨 멎은 아름다움이 진한 향기로 쏟아진다. 무의식 속에 묻혀 큰 숨을 몰아쉰다. 잠시 후 여인이 지나간 자리에 무늬는 댕그라니 남아 있고, 어느새 여러 꽃이 무늬를 그리며 자태를 뽐내고 있다. 여인은 어디로 갔을까.

   — 「무늬」 전문

이와 같은 시는 시인이 정년퇴임 이후에 시간의 여유가 많을 때 도전해볼 시적인 영역이 아닐까, 생각해 본다. 그의 시들이 운동장 한 구석에 놓여 있는 아름드리 느티나무가 그늘이 되어주듯이, 앞으로는 아름다운 무늬처럼 자태를 뽐내면서 사라지는 여인과 같은 시로 도약했으면, 한다.

그의 시가 지닌 미덕은 삶의 균형 감각이다.

교육자로서의 그, 시인으로서의 그는 사람으로서의 욕망을 적절히 자제할 줄 알면서 마음의 선을 긋거나, 세상을 바라보는 데 있어서는 극단으로 향해 기울어지지 않은 채 이비理非의 저울질을 할 수 있는 나이에 이르렀다. 이런 균형의 감각은 전깃줄에 앉아있는 새와 줄타기하는 광대의 유비(類比 : 사물을 유추하면서 서로 비교하는) 관계에서도 잘 드러나고 있다. 그의 시집 간행을 다시 한번 축하면서, 마지막으로 다음의 시 일부를 인용한다.

전깃줄에 앉아있는 새와

줄타기하는 광대를 생각하며

     (……)

기울어진 마음을 다잡아 본다

   — 「균형」 부분

내가 읽은 이 시 한 편

위하여

세발낙지

반경환 『애지』 주간 • 철학예술가

조락凋落, 삶의 닻이 내린다

정 훈 문학평론가

시인의 코나투스

— 허기와 허무의 시적 변주

김순아 시인 • 문학평론가

위하여

반경환 『애지』 주간 • 철학예술가

우리는 살아오는 동안
참 많이도 위하여, 라는 말을 사용했지

건강을 위하여
가정을 위하여
사랑을 위하여
행복을 위하여
더 나은 내일을 위하여
……위하여

하여튼 위하여,는 무조건 주는 거였어
어떤 대가도 지불하지 않아도 되었고
말로만 해도 행운을 가져오는 거였지

어렵지 않게 나오는 말이고
누구나 쉽게 내뱉는 말이기도 하여
저절로 편안하고 얼굴에 웃음기가 감도는 말이었지

그러므로

힘든 일이 있어도

슬픈 일이 있어도

위하여, 하고 크게 외쳐보면

세상은 더 밝은 모습으로

우리들 앞에 의기양양하게 나타날 거야

자, 다시 한번 큰 소리로 외쳐봐

위하여, 위, 하, 여,

— 「위하여」 전문

　미국인은 미국정신(사상)으로 천년 왕국을 꿈꾸고, 일본인은 일본정신으로 천년 왕국을 꿈꾼다. 독일인은 독일정신으로 천년 왕국을 꿈꾸고, 중국인은 중국정신으로 천년 왕국을 꿈꾼다. 천년 왕국은 영원한 제국이고, 이 제국의 기초가 되는 것은 민족주의(민족정신)라고 할 수가 있다. 어느 시대, 어느 나라 사람이라고 할지라도 그가 속한 국가가 영원한 제국이 된다는 것을 반대했던 사람은 단 한 명도 없다. 제국주의는 민족주의이고, 민족주의는 사상과 이념이며, 이 사상과 이념은 제국의 목표가 된다. 요컨대 영원한 제국이란 무엇이고, 영원한 제국의 국민의 자격이란 무엇인가가 그 목표 속에는 들어 있는 것이다.

　영원한 제국이란 모든 국가들을 다 거느리고 있는 국가이며, 그 국민들은 도덕왕국의 입법적 국민들임을 뜻하게 된다. 영원한 제국이 목표가 되면 모든 국민들은 자기 자신을 버리고 민심과 국력을 결집시키는데 최선의 노력을 다하지 않으면 안 된다. 유태인 한 사람의 영광은 유태인 전체의 영광이고, 유태인 한 사람의 잘못은 유태인 전체의 치욕이라는『탈무드』의 말이 있다. 국민과 국민, 단체와 단체, 정당과 정당 등의 대립과 갈등을 조정하며, 그 어떠한 싸움이나 내분도 물리치고 일치단결할 수 있는 민족정신이『탈무드』에는 각인 되어 있는 것이다. 민족정신은 목표이고, 단결이며, 그 도덕성이라고 할 수가 있다. 유태인이 유태인을 고소하거나 유태인들이 그들의 단체에서 공금을 횡령하거나 사기를 친다는 것은 생각할 수조차도 없다. 유태인들은 그들의 하나님으로부터 선택받은 민족이라는 자부심 하나로 오늘날 영원한 제국을 건설했다고 해도 과언이 아니다.

건강을 위하여, 가정을 위하여, 사랑을 위하여, 행복을 위하여, 보다 더 나은 내일을 위하여 유태인들은 한마음 – 한뜻이 되었던 것이고, 이처럼 민족과 국가를 위하여 '나'를 버릴 때 영원한 제국의 국민이 될 수가 있었던 것이다. 개인은 약하지만, 민족(국민)은 더없이 강하다. '위하여'는 삶의 목표이자 희망이고, '위하여'는 삶의 의지이자 용기이다. '위하여'는 무조건 주는 것이었고, '위하여'는 어떤 대가도 지불하지 않는 것이었고, '위하여'는 그 말로만이라도 무한한 위로와 용기를 주는 것이었다. '너'와 '내'가 '우리'가 되었을 때, '위하여'는 어렵지 않게 나오는 말이었고, 저절로 편안하게 얼굴에 웃음기가 감도는 말이었다. 힘든 일이 있어도, 슬픈 일이 있어도 '위하여'라는 구호와 함께, 그 동료들만 있으면 그 어떠한 장애물들도 다 함께 돌파할 수 있는 용기를 갖게 된다.

정재규 시인의 「위하여」는 사랑이고, 믿음이고, 희망이고, 행복에의 약속이다. 정재규 시인의 「위하여」가 입에 발린 헛된 구호가 되지 않고, 어떤 단체, 어떤 가정, 어떤 국가의 도덕성에 기초해 있을 때, 이 '위하여'는 영원한 제국의 외침이 되는 것이다.

나는 백전백승의 최고급의 인식의 전사이며, 내가 한국 교육을 담당한다면 더없이 즐겁고 신나는 독서 중심의 글쓰기 교육을 통해 전 인류의 스승들을 배출해낼 자신이 있다. 마르크스, 프로이트, 니체, 쇼펜하우어, 뉴턴, 아인시타인 등, 전 인류의 스승들을 배출해내는 교육은 사교육비가 하나도 안 드는 교육이며, 책을 많이 읽고 글만 잘 쓰면 되는 교육이라고 할 수가 있다. 이 세계는 누가 지배하며, 영원한 제국은 누가 건설하는가? 그것은 두말할 것도 없이 '사상가 중의 사상가', 즉, 최고급의 인식의 제전의 전사라고 할 수가 있다.

나의 '위하여'는 단군이고, 나의 '위하여'는 예수이다. 나의 '위하여'는 시바이고, 나의 '위하여'는 알라이다. 공자와 맹자도 나의 제자가 되고, 알렉산더 대왕과 나폴레옹 황제도 나의 제자가 된다. 호머와 셰익스피어가 찬가를 짓고, 모차르트와 베토벤이 그 찬가를 연주한다. 소크라테스와 플라톤이 무릎을 꿇고 절을 하고, 마르크스와 니체가 무릎을 꿇고 절을 한다.

나는 천재 생산의 가장 확실한 교수법을 지니고 있으며, 대한제국을 건설하기 위하여 나의 그 모든 것을 다 걸고 노력해 왔다고 해도 과언이 아니다.

위하여, 위하여, 위하여!
아아, 영원한 제국을 위하여!

세발낙지

반경환 『애지』 주간 • 철학예술가

짜디짠 바닷물과 갯벌 속에 뒤엉켜
필사적으로 삶을 이어가는 운명

때로는 태양 빛을 몰래 훔쳐보며
끓어오르는 힘을 모으나
탐욕스러운 사람들의 입맛에 주눅 들고
갯벌을 휘젓는 어부들의 손끝이 매서워
미끌미끌한 몸뚱이는 땅속 깊이 파고든다

갯벌에는 필사적인 몸부림으로
녹초가 된 세발낙지의 벅찬 숨소리가 가득하다

그래도 갯벌 깊숙한 흙속에서
겨우 참고 목숨을 부지했건만
처연한 모습으로 식탁에 올라와 있다

접시에 긴 다리를 바짝 붙여보지만

나무젓가락 사이에 끼워진 채 돌돌 뭉쳐져
입 속에서 일생을 마감하는 처연한 삶

갯벌 속에서 유영하던 강인한 힘은
사람들의 입속에서 힘겹게 녹지만
인간의 눈빛에 짓눌려 잡혀온 세발낙지는
온몸을 비틀며
있는 힘을 다해 갯벌로 달려간다
　　　―「세발낙지」 전문

　어느 날 여우가 물가에 다가가 물속을 들여다보니까, 수
많은 물고기들이 무엇인가에 쫓기는 듯 이리저리 바쁘게
움직이고 있었다. "너희들은 왜 그렇게 무엇인가에 쫓기는
듯 안절부절 못하고 있는 거니?"라고 여우가 물었다. "우리
들의 목숨을 노리는 수많은 포식자들이 무섭고 두렵기 때
문이지요?"라고 물고기들이 대답했다. "물속이 그처럼 무
섭고 두려우면 물 밖으로 나오렴! 내가 너희들의 목숨을 안
전하게 지켜주고 보살펴 줄 테니?"라고 여우가 제안을 했
다. "여우님, 그처럼 어리석고 우매한 말씀을 하지 마세요.
한평생 살아온 물속도 알 수가 없는데, 우리들이 당신의 말
을 어떻게 믿을 수가 있겠어요?"라고 물고기들이 대답을
하고, 모두들 다같이 여우의 시선이 미치지 않는 곳으로 숨
어 버렸다.
　이 이야기는『탈무드』의 한 대목을 내가 내 기억력을 토
대로 해서 재구성해본 것이지만, 이 세상에서 산다는 것만
큼 무섭고 두려운 일도 없을 것이다. 물소와 영양과 사슴

과 누떼 등의 초식동물이 보이지 않으면 사자들도 벌벌벌 떨게 되고, 푸르고 푸른 초지와 강물이 없으면 초식동물들도 벌벌벌 떨게 된다. 부모형제들이 없어도 벌벌벌 떨게 되고, 수많은 경쟁자들과 적들이 나타나도 벌벌벌 떨게 된다. 이 세상에 태어난다는 것은 '먹이사슬의 바다'에 내던져진다는 것이고, 삶이 상승곡선을 그릴 때에는 '희망의 찬가'를 부르게 되고, 삶이 하강곡선을 그릴 때에는 더없이 처량한 '슬픔의 비가'를 부르게 된다.

삶과 죽음은 먹이사슬의 바다에 있으며, 우리는 어느 누구도 정재규 시인의 「세발낙지」의 운명을 벗어나지 못한다. "짜디짠 바닷물과 갯벌 속에 뒤엉켜/ 필사적으로 삶을 이어가는 운명"에 지나지 않으며, 언제, 어느 때나 "필사적인 몸부림으로", "녹초가" 된 삶을 살아가지 않으면 안 된다. 백수의 왕인 사자와 호랑이의 말로는 더없이 끔찍하고, 이 맹수들은 그토록 짧고 끔찍한 생애가 무섭고 두려워서 더욱더 그처럼 사납고 잔인하게 모든 짐승들의 생명을 찢어발기는지도 모른다.

원수를 만나도 괴롭고, 사랑하는 사람을 만나도 괴롭다. 산다는 것은 무섭고 두려운 것이며, 기껏해야 "온몸을 비틀며/ 있는 힘을 다해 갯벌로 달려"가는 '세발낙지'의 운명에 지나지 않는다. 세발낙지의 운명은 저주받은 운명이며, 그 어떤 구원의 손길도 미치지 못한다. 산다는 것은 누군가를 죽인다는 것이고, 누군가를 죽인다는 것은 다른 생명체를 먹는다는 것이다. 먹는 자가 먹히는 자가 되고, 먹히는 자가 먹는 자가 된다. 사는 것은 기쁜 일이 되고, 죽는 것은 슬픈 일이 된다. 살고 죽는 것은 누구에게나 똑같은 일이지만, 그러나 사는 것을 좋아하고 죽는 것을 싫어하기 때문에 모든 생명체들은 저주를 받게 된 것이다. 죽음을 기뻐하지 않고 죽음을 두려워하는 한 모든 생명체들은 이 '저주받은 운명', 즉, '세발낙지의 운명'을 벗어나지 못한다. 탐욕스러운 사람들의 입맛에 주눅이 들고, 타인들의 입속에서 일생을 마감하는 처연한 삶이 바로 그것을 말해 준다.

세발낙지, 즉 우리 인간들의 고향은 '먹이사슬의 바다'이며, 우리가 우리의 저주받은 운명을 이끌고 돌아가야 할 곳도 '먹이사슬의 바다'이다. 세발낙지는 세발낙지의 운명을 벗어나 새로운 운명을 개척해 보고자 그토록 몸부림을 쳤지만, 그러나 그는 '저주받은 운명', 즉, 결코 그 '먹이사슬의 바다'를 벗어나지 못한다. '세발낙지'의 운명은 시인의 운명이고, 시인의 운명은 모든 생명체들의 운명이다.

이 '저주받은 운명', 즉, '먹이사슬의 바다'를 극복하는 최선의 방법은 '먹이사슬의 법칙'을 받아들이고, 삶과 죽음의 문제를 초월해버리는 것이다.

산다는 것도 기쁜 일이고, 죽는다는 것도 기쁜 일이다. 엠페도클레스는 스스로 신이 되기 위하여 에트나 화산에 몸을 던졌고, 『악령』의 끼릴로프는 신의 부재를 증명하기 위하여 스스로 목숨을 끊었다.

당신은 과연, 당신의 불운과 당신의 죽음을 더없이 즐겁고 기쁘게 받아들일 수가 있겠는가?

한국인은 미국인 앞에서 꼼짝 못하고, 미국인들은 대자연(죽음) 앞에서 꼼짝 못한다. 삶과 죽음 앞에서도 만물이 평등하고, 무서움과 두려움 앞에서도 만물이 평등하다.

조락凋落, 삶의 닻이 내린다

정　훈 문학평론가

60살이 되고 보니

강산이 여섯 번이나 바뀌었다고 마음은,
허공에 떠 있는 구름을 잡고 싶다.

쉼 없이 달리는
마라토너의 숨 가쁜 목소리로 이야기하듯
나만의 기록을 세우기 위해 달린다.

나는 어디까지 와 있는 것일까?

허허로운 생각들이
막다른 길목에서 걱정을 하며
뒤도 돌아볼 여유 없이
얼마 남지 않은 도착지를 향해
희망의 싹을 토해낸다.

아직은 삶의 편린들이
날줄과 씨줄로 흔적을 짜며
다시 떠오르는 태양 속을 누빈다.

60살이 되고 보니
귓속에서
세상일에 쉽게 찡그리고
얼굴 붉히는 일을
이제는 참으라고 소리친다.
　　　　　　　—「60살이 되고 보니」 전문

　가을볕이 따갑다 못해 온몸에 밤송이처럼 달라붙는 듯하다. 그 찌름은 몸의 통증이지만 여태껏 살아온 세월을 시간의 회초리로 두들겨 맞은 몸뚱이기에 이젠 대수롭지 않다. 때때로 임종을 맞이하는 지인들을 보며 하늘을 원망하는 사람도 있으리라. 사건은 늘 우연처럼 터지고, 그 충격에서도 무딘 손끝에서 작렬하듯 선연히 싸지르고야 마는 글의 갈 짓자 행보를 더듬으며 위안을 삼곤한다. 삼가, 시의 작약 같은 생명과 생기로움에 펜을 잡는다.

　이를테면 나는 아직 열병의 숨이 채 가시지 않은 시들을 훔쳐보며 마음을 모으는 것이다. 하나의 계절이 지나가면 흘러간 계절의 허리춤을 놓치지 않으려, 아니 이미 떠나버린 당신의 꽁무니를 흘기면서 내게 또다시 스며들기 시작하는 새로운 계절의 이마에 입을 맞춘다. 떠남은 향기를 남기고 그리움은 영원하다. 세계가 이룩하는 빛나는 역사도 한 줄의 문장으로 충분하다는 사실을 안 지는 몇 년이 채 되지 않았다. 시인의 머리와 몸의 감각에 수놓았을 이루 헤아릴 수 없을 만큼 무수한 상념들도 한 줄의 글에 각인된다. 그것은 시간을 묻고 따지고 힐책하거나 오래전, 혹은 근년에 보았던 사람을 추억함이다. 세상을 두드려 지혜 하나 얻고자 애쓴 흔적이기도 하다.

그러나 대체로 기억과 사람의 애달픈 비가요, 떨어지는 엘레지다. 변하지 않고 영원한 것을 시인은 노래한다. 하지만 곧 스러지고야 말 존재의 아롱아롱한 자태를 보면서도 기어이 말을 흘리는 것이다. 그 말속에 심안心眼의 자락이 들어있는 줄 안다.

결코 되돌릴 수 없는 시간 앞에서 우리는 숭고함을 느낀다. 한창 젊을 때는 몰라도 아마 환갑 언저리를 넘으면서부터 시간의 사자死者가 내미는 손길을 거부하기 어렵겠다는 사실을 깨닫지 않을까. 그러면서 조급한 가운데 유순하고 점잖아지는 게 사람이다.

귀가 순해진다는 예순이 되어 시나브로 알게 되는 삶의 자세를 시인은 읊는다. 젊을 때의 왕성한 혈기 하나로 정글 같은 이 세계를 누비더라도 어느 순간 자신을 되돌아보는 때가 생긴다. 인생의 그래프가 우측 하단으로 내리닫는 물리적, 육체적 상황을 인지한 다음에 밀려오는 삶의 회한들을 어쩔 수 없이 느껴야 하는 것이다.

시「60살이 되고 보니」에서 시의 화자는 예순이 되고나서부터도 젊은이의 열망과 희망을 간직하고 있다. "아직은 삶의 편린들이/ 날줄과 씨줄로 흔적을 짜며/ 다시 떠오르는 태양 속을" 누비는 것이다. 하지만 결국 60살이 되어서 "세상일에 쉽게 찡그리고/ 얼굴 붉히는 일을/ 이제는 참으라고" 외치는 소리를 듣는다.

나이는 생각을 복잡하게 만들기도 하면서 생생했던 생각들을 잠식하기도 한다. 시간의 피할 수 없는 운명이다. 모든 사람이 시간의 물결 위에서 순조롭게 슬기롭게 인생의 황혼을 맞이하지는 않는다. 드물게는 의지와는 무관하게 노욕老欲이란 게 생겨서 추하게 늙어가기도 한다. 그런데 노욕이 들든 지혜로워지든, 이 상반되는 두 상태의 연원을 캐다 보면 역시 시간이라는 신비와 마주치게 된다.

시간은 존재의 변화를 추동하고 이끄는 매개다. 이미 지나간 것과 앞으로 다가오는 것들 사이, 그 한복판의 찰나 같은 지점들만을 우리는 맞이하지만 결국 순간의 연속이 시간의 일정한 형식을 완성한다. 그것은 감성과 이성의 형태로 전이되고, 전이된 의미 내용의 추출물을 통해 시간의식이 싹트는 것이다. 시간의식은 자아와 세계가 관계 맺는 여러 양상의 소통 가운데 핵심을 차지한다. 그것은 세계의 본질에 대한 끊임없는 물음의 외관을 갖추기도 하면서 자기 반성의 성찰적인 형식으로 쉽사리 변이되기도 한다. 문제는 시간의식이 남기는 윤리적인 의의다. 결국 시간이 인간을 어떤 정신 영역으로 데려다 놓는지 중요해지는 것이다. 수많은 시인들이 시간과 정신의 관계에 사로잡히면서 이를 캐묻고, 혹은 세계의 '통찰'에까지 이르렀다는 점은 별도의 부연이 필요 없는 줄 안다.

시인의 코나투스
― 허기와 허무의 시적 변주

김순아 시인 • 문학평론가

어느 노인의 아침

이른 아침 폐휴지를 한가득 싣고
수레를 끌고 가는 노인이 있다.

차들이 수없이 왕래하는 좁은 도로를
남루한 옷차림으로
힘겨운 발을 한 걸음 한 걸음 내디디며
버거운 하루를 끌며 가고 있다.

사람들의 시선은 아랑곳하지 않고
앞만 보며 수레를 끌고 가는데
노인 옆에서 숨을 헐떡이며
수레를 함께 끌고 가는 강아지가 있다.

힘겨운 노인을 응원하며
수레의 손잡이에 끈을 매단 채

있는 힘을 다해 수레를 끌고 가는 반려견이다.

호의호식하는 반려견은 절대 모르는
주인의 벅찬 숨소리를 들으며
강아지는 노인 옆에서
호흡을 맞추며 있는 힘을 다해
앞만 보고 걸음을 재촉하며
아침을 맞이하고 있다.
— 「어느 노인의 아침」 전문

　코나투스conatus는 모든 존재에 내재된 본질적인 힘 내지 충동이라고 말해진다. 각 사물이 다른 사물과 함께 또는 혼자 활동하는 가운데 자신을 지키고자 하는 욕망이라고도 말해진다. 일찍이 이것을 생성being의 차원에서 통찰한 스피노자는 인간의 욕망을 '의식을 동반한 충동'이라고 정의하며, 충동이 삶의 의욕을 생성하는 본질이라고 한다. 중요한 것은 충동을 자극하는 매개가 감정이라는 것. 사실 우리 삶은 감정의 파문이 만들어 내는 연속적 과정이라고 해도 과언이 아니다. 살아있는 인간은 끝없이 움직인다. 타자와 마주치고 충돌하면서 우선 느낀다. 그리고 그것을 의식한다. 이 과정에서 타자를 수용하거나 거부하면서 변화해 간다. 우리를 이끄는 감정은 그리 복잡하지 않다. 기쁨과 슬픔, 좋은 것과 싫은 것…. 단순하고, 지속된다. 한 사람이 좋으면 아주 오랫동안 좋아하게 되듯이.
　이 지속을 방해하는 것은 의식, 즉 이성이다. 이성은 감정에 기율을 부여하고, 통제해온 집단 윤리moral의 핵심이다.

현대 사회에서 인간의 의식은 자본의 경쟁 논리에 훈육되고 지배된다. 자본의 논리는 개인의 내면에 저장되어 존재의 가치와 자본의 가치를 동일시하는 환상을 만들어 낸다. 다수는 자본을 소유한 만큼 행복할 수 있다고 믿고, 더 많은 걸 소유하기 위해 자본의 경쟁 질서에 편입하게 된다. 이때 개인의 몸은 공동체의 가치가 새겨지는 표면인 동시에 이에 대항하는 감성·이성이 긴장하고 충돌하는 전장戰場이 된다. 공동체적 가치는 개인의 (무)의식에 각인되어 감정을 억누르게 된다. 하지만 거기 온전히 지배될 수 없는 감정은 의식과 무의식, 그 틈 사이를 떠돌아다닌다. 그것은 어떤 타자와 마주하느냐에 따라 언제든 달라질 가능성을 안고 있다.

이 가능성을 보여주는 시 「어느 노인의 아침」에 주목했다. 문장을 열면 다가오는 고통과 우울, 슬픔으로도 표현될 수 있는 이 감정은 시적 자아가 적극적으로 움직이는 가운데 새로운 감정으로 전이될 가능성을 보인다. 이때 이 움직임은 자신을 지켜내려는 시인의 힘conatus이자, 이 사회에 저항하는 에너지이다. 자기감정에 따라 움직일 때 세계 및 타자는 타격을 입지 않는가?

시 「어느 노인의 아침」은 무감한 일상을 살아내기 위한 개별윤리ethics의 준거로서 '슬픔'을 이끌어 낸다. 심리적 허기와 허무의 기운이 감지되는 시의 표정 안에는 기쁨과 슬픔, 희망과 절망, 사랑과 고통이 서로를 쌍둥이처럼 비추고 있다. 이 시에서 노인과 강아지는 일상에서 흔히 마주치는 대상들이다. 앞만 보고 수레를 끄는 노인은 근대적 시간이 지배하는 현실에서 허무한 반복을 지속하는 우리의 모습과 다르지 않다. 주지하듯 근대는 미래를 향한 선형적 시간 원리를 바탕으로 한다.

그러나 "앞만 보고 걸음을 재촉하며"에서 보듯이, 이 시간에는 속도만이 있을 뿐 지향하는 방향은 존재하지 않는다. '아침―저녁' 막막하게 되풀이되는 허기진 시간 속에서 존재는 변화와 새로움이라는 생명의 본질을 거세당한 채 살아간다. 시인은 이 사각死角지대를 넘어설 새로운 시간을 상상함으로써 시적 비전을 열어 보인다. 그것은 시인의 내면이 강아지와 겹쳐지면서 가능해진다.

시에서 강아지는 노인의 벅찬 숨소리를 듣는다. 이 '순간'은 강아지의 숨결이 멈춘 순간이며, 따라서 자아의 시간 역시 빠른 속도와 대비되는 정지의 시간성을 경험하게 된다. 이 시간이 지속되면 자아는 현실의 맨땅에서 추락하고 말 것이다. 그러나 수레에 매달린 '끈'은 강아지의 정지된 호흡을 노인에게로 전달한다. 이때 정지는 죽음으로 치달리는 노인의 시간을 유예시키고, 보폭을 조절하게 한다. 이것은 자본의 가쁜 호흡을 중단시키는 순간의 미학(영원한 현재)을 보여준다. 주목되는 지점은 강아지의 시선에 겹쳐 놓은 시인의 내면이다.

강아지는 주인의 마음을 자기식으로 읽지 않는다. 다만 주인과 호흡을 맞추며 마음으로 응원한다. 이때 주관의 논리는 최대한 약화된다. 이것은 타자를 자신의 것으로 삼는 동일화의 위험으로부터 시를 건져내어 동물과 인간이 '따로 또 같이' 걷게 만든다. 그리하여 둘은 진정한 반려자로서 환한 아침을 맞이하게 되는 것이다.

정재규

정재규 시인은 전북 김제에서 출생하였으며, 전주교육대학교를 졸업하고 부산대학교 교육대학원에서 국어교육 및 문학을 공부했다. 1996년 『文藝時代』 신인문학상에 당선되어 등단하였고, 부산시인협회, 부산문인협회, 한국문인협회 회원으로 활동하고 있다. 부산시교육청 장학사, 장학관, 교동초·해강초 교장을 역임했다. 현재 무정초등학교 교장으로 재직하고 있으며, 재부 호남 문인들의 모임인 노령문학회에서 발간하는 『蘆嶺文學』 편집주간을 맡고 있다. 시집으로 『나비는 장다리꽃을 알지 못한다』가 있다.

정재규 시인의 이번 시집 『마음에 선을 긋는다』의 내용을 보면, 가장 울림이 큰 표현은 '마음의 선 긋기'이다. "부끄럽지 않게 살아가는 것은/ 마음에 적당한 선을 긋는 것이 아니랴"에서 보듯 마음에 선을 긋는다는 것은 무욕과 절제를 가리키는 말이 아닐까, 한다. 사실상 마음의 선이라고 하는 것은 눈에 보이지 않는다. 뉴스에 등장하는 세상의 험한 일 모든 것들이 마음의 선을 긋지 못하는 데서 비롯된 게 아니겠는가. 이런 것들이 하루에도 무수히 우리에게 전해지고 있지 않은가. 인간의 욕망을 결코 측량할 수 없듯이, 마음의 선 역시 눈에 보이지 않은 데 놓여 있지 않은가. 그의 시가 지닌 미덕은 삶의 균형 감각이다.

이메일 : jjg2502@hanmail.net

정재규 시집

마음에 선을 긋는다

발   행   2021년 11월 1일
지 은 이   정재규
펴 낸 이   반송림
편집디자인   김지호
펴 낸 곳   도서출판 지혜 • 계간시전문지 애지
기획위원   반경환 이형권
주   소   34624 대전광역시 동구 태전로 57, 2층 도서출판 지혜 (삼성동)
전   화   042-625-1140
팩   스   042-627-1140
전자우편   ejisarang@hanmail.net
애지카페   cafe.daum.net/ejiliterature

ISBN : 979-11-5728-456-6 03810
값 9,000원